各自爱

（插图修订版）

黎戈 著

山东画报出版社

图书在版编目（CIP）数据

各自爱 / 黎戈著 .-- 济南：山东画报出版社，2021.8
ISBN 978-7-5474-3559-5

Ⅰ.①各… Ⅱ.①黎… Ⅲ.①随笔-作品集-中国-当代 Ⅳ.①I267.1

中国版本图书馆CIP数据核字(2021)第133275号

GEZI AI
各自爱
黎戈 著

责任编辑	梁培培
装帧设计	崔腾飞
插　　画	贺　宁

出 版 人	李文波
主管单位	山东出版传媒股份有限公司
出版发行	山东画报出版社
社　　址	济南市市中区英雄山路189号B座　邮编 250002
电　　话	总编室（0531）82098472
	市场部（0531）82098479　82098476（传真）
网　　址	http://www.hbcbs.com.cn
电子信箱	hbcb@sdpress.com.cn
印　　刷	济南龙玺印刷有限公司
规　　格	145毫米×210毫米　1/32
	9.25印张　34幅图　180千字
版　　次	2021年8月第1版
印　　次	2021年8月第1次印刷
书　　号	ISBN 978-7-5474-3559-5
定　　价	58.00元

如有印装质量问题，请与出版社总编室联系更换。

再版序
美,以及它所挽救的

早起,看书累了,去做事:用抹布擦地板擦到发亮,沁出干净的凉意,光脚时,脚底会知道;给植物浇水,桃蛋开花了,换个朝向,照顾"孕妇";把生菜、卷心菜、芝麻菜等去腐叶、脱水,用小保鲜袋分装好,拌沙拉、拌面,加上拌饭酱做韩式拌饭,都可以直接用,省时省力。

家务和读书,静心去做,就会渗出一种节奏,这节奏,定了一天的调子,让人安心快乐,琐细的生活杂项,它们叮叮咚咚、嘈嘈切切,合在一起,就是日子的旋律。

这是我喜欢的生活,却不是我一直以来的生活。

2008年,汶川大地震,死伤无数,多少人流离失所,电视上,全是废墟和难民的惨状,惨不忍睹。也是在那一年,我的家庭内部,也发生了地震,我爱人,闯了很大的祸,足

以把我们这个原本算是小康之家的家庭彻底摧垮。

具体事项，我自己都不愿意回溯，那些刺痛的场景，我害怕。但是，一直到现在，十几年过去，我不敢用某个牌子的洗面奶，我清楚地记得，出事那天，我们家里飘着这种气味，情境，每个细节，其实一直蛰伏在我心里。那阵子我已经不能吃饭和睡觉，就瘫在床上，到了点，我妈拉着已经木掉的我，去吃饭，我机械地吃和睡，并不清楚自己吃的是什么。

那些人，那些事，往事不堪回首。我自己写了个记录，给孩子将来看，算是家事历史资料。但对着所有人去表述，我并不喜欢这样。所以，在那几年，我的文字呈现了断层，家事烦冗，孩子小，心力交瘁，根本就无法成文，但是因为要把自己从噩梦中拖出来，所以写的是很甜美的东西……是给自己一块甜点，鼓励一下的意思。

那些年的遭遇，实在是极度耗人，我之所以没有被吞噬，是因为我爱美，凝视深渊之人，最终将被深渊吞没。如果我的心淹没在龌龊的恨意中，把全部心力都拿来与恶事对决，最后会被那恶意污染，会变得与其同质。最重要的是，如果我的心被扭曲了，我就再也不能去欣赏和创作美，这是我万万舍不得的。我见过那么多的美，我看过最优秀的头脑在发声，为了看喜欢的展，我坐火车当日来回，车窗的窗帘坏了，我的半边脸都被晒伤了……我这么辛辛苦苦、倾尽全力去接近美,我不能失去美。对的,可以这么说,是美,以及对美执着的热情,挽救了我。

一直到2013年之后,诸多恶事开始收尾,我才重新进入了写作状态,又有了表达的欲望,可以全谱系地去呈现内心的各种想法。中间经历的种种坍塌,我没法、也不想肌理分明地一一道出,只是这一切,最终使我明白,曾经我依赖的一切,都是靠不住的,然后我惊喜地发现,我倒是比自己想象中的更有力量……《各自爱》里的文章,就写于这个由虚弱步向强健的时段,对我来说,这本书是一个固守,它之所以对我非常珍贵,就在于它就是一个宣言:我不放弃。

不放弃我的文字梦想,不放弃与美的厮守,不放弃一定要让自己幸福的决心。时间这么一点点过去,我在废墟上清理掉残砖碎瓦,整平土地,开荒伐木,架梁添砖,一点点地,重建了自我。现在的生活,又被收拾出我想要的样子。时不时地,坐在沙发上;渐亮的天光里,凉风吹着我的书页;午睡起来,开冰箱取几个果味冰块(薄荷、碎柠檬、青橘扔冰格里,兑上水冻起来),放蜜桃汽水里,再给香瓶(买了些碎紫水晶和绿萤石,装饰兼发香)滴几滴香精,看一两页有趣的闲书,这些时刻,我真真切切地觉得幸福……

我常常不厌其烦地,记录着这些零星的生活片段,它们不是小清新,也不是岁月静好,而是我的决心变现的实

景——浴火重生。不是一个语言的飞越,概念化的推进,它是每一分每一秒渐渐转亮的心。漫漫长夜,步履不停,终于有一天,黑夜啊,它落在我的身后了。

这两天改文稿,兴起写了这么一段,觉得可以放在这里:"《乱世佳人》里,那个戴着巴拿马草帽,撑着阳伞,穿着镶满蕾丝、坠着大蝴蝶结的蓬蓬裙的郝思嘉,庄园里的大小姐,除了束出十六寸小细腰,和男性调笑,契合时代风气装晕倒扮柔弱之外,什么都不用烦心。她穿着公主裙,看起来处处都合宜,但又觉得哪里都不对,这甜美肤浅的容器如何能承担她不规则的力量……那时她很美,可那时她并不美。一直到她蓬头垢面,穿着破衣烂衫,站在被战火烧成废墟的塔拉庄园的红土上,对着红色的天空举起拳头,宣称一定不会再挨饿时,她的美,才真正焕发出来——每一粒米都是自己挣来的劳动妇女,当然比"何不食肉糜"的公主美多了。我们原以为莲花出水是美,没想到,火中出莲花,更有一番苦炼的顽艳和蹈险之美。"

以上是首版《各自爱》五年后的重版说明,写给所有被摧折又重建的不屈服的灵魂。

黎 戈
写于2020年6月

目 录

[侘寂帖]

好紫与恶紫 / 3
简单生活 / 8
书信里一个女作家的干净与自持 / 12
纸窗，纸衣和染色纸 / 17
颜色和植物的亲戚关系 / 23
清晨的空气 / 26
耶路撒冷异乡人 / 30
被小说打败的自传 / 36
甜 区 / 42
旅途中的书 / 46
辛波斯卡：日常生活颂歌 / 52
过一个渺小的人生 / 59
逐一点古中国的烟尘 / 64

素以养绚 / 68

如果你的母语是非洲的孤独 / 72

文字的手艺人 / 76

老式文青 / 78

书　斋 / 83

忍受你必须忍受的，歌唱你必须歌唱的 / 86

家，甜蜜的家 / 91

各自爱 / 97

怀抱一颗听雨的心，才可以安贫为道 / 99

宁静无价 / 102

【白色俄罗斯】

鼓　点 / 117

茨维塔耶娃：无手之抚，无唇之吻 / 119

母与女 / 124

托尔斯泰：多棱 / 132

邻家大哥契诃夫 / 140

纳博科夫从俄罗斯带走了什么？ / 145

布罗茨基：精神富贵 / 149

布罗茨基：水痕 / 153

内米洛夫斯基：冷血与热爱 / 155

阿赫玛托娃：情感生活 / 162

我爱夏加尔 / 167

俄国作家们的法语家教 / 172

帕斯捷尔纳克：音乐留痕，人与事 / 175

爱伦堡回忆录里的白银群星 / 179

俄国文学作品中的植物 / 185

俄国作家们的书房 / 188

盛产回忆录的国度 / 192

曼德施塔姆夫妇：白银悲歌 / 196

【和风寄畅】

灵魂喜欢放声歌唱 / 205

安堵之爱 / 210

吃土的日子 / 214

心法要在世间修 / 219

[四季歌]

平安如馨 / 227

咬　春 / 231

青团又叫清明果 / 234

香　城 / 237

谷雨说雨 / 240

撸柳球 / 244

端午：香囊与菖蒲酒 / 247

今夕何夕，见此粲者 / 251

惜　力 / 254

穿裙子的季节 / 257

夏日的视觉风景 / 261

少年的山丘 / 267

而我是多么喜欢，这样平淡的厮守 / 271

2014年夏天，我一个人住 / 274

非抽象的秋天 / 282

侘寂帖

好紫与恶紫

整理衣柜,发现参差多貌的紫色衣服。早年我有点婴儿肥,脸色又血气上涌,怎么都没法穿紫。紫对穿的人要求就是长得诗化,清癯,略带苍白的诗意,脸色不能带红带绿,否则气色越发显得差。近年来脂肪退潮,脸瘦出轮廓,也不发红,终于敢尝试紫色。

众所周知,紫色是由红色和蓝色叠加而成,所以孔子说"恶紫之夺朱也,恶郑声之乱雅乐也"。他厌恶紫色的理由或许是"朱,正色,紫,间色之好者"——哦,原来他老人家是对调和色有敌意,哈哈哈。而张爱玲恰恰喜欢调和色,比如蓝绿和银紫,胡兰成写"张爱玲先生的散文与小说,如果拿颜色来比方,则其明亮的一面是银紫色,其阴暗的一面是月下的青灰色",真会拍马屁哟。

很多年前，读过日本人的色彩心理学，说是热爱调和色的人都内心敏感脆弱，是精神贵族。纪念陈百强的歌，有一句歌词是"一生爱紫的你"，我对陈敏感纤细的印象与此有很大关系，何况他又是个男性。名字里有紫色亮眼的小说人物，是《一帘幽梦》里的紫菱和《雪山飞狐》里的袁紫衣。紫菱的爸爸谈及女儿的职业，说"她是一个梦想家"，这就对了，紫色本身就是超现实的梦幻质地。除了《一帘幽梦》以外，琼瑶阿姨还写过《紫贝壳》，她是喜欢紫色的。但她的紫应该是粉紫，不像张爱玲的银紫，柔情梦想系和凛冽写实系之对比色差。至于袁紫衣的"紫"，是谐音"缁衣"，暗示她日后要淡泊心念，出家为尼，这个"紫"是虚晃一招。

紫色的书，哪怕封面图案素材简单，都自有清丽之气，比如汪曾祺的《岁朝清供》，丘彦明的《浮生悠悠》。小时候读的一套亦舒小说集，海天版的，也是紫色，远远望去，诗意盎然。

紫花我都觉得好看：刻叶紫堇，怯意微露地长在老围墙的红砖上，那么微不足道，又嫣然百媚；野泡桐花，在雨后带着简静的香气，大朵大朵地掉下来，我对皮说，"这就是'桐花万里路，连朝语不息'"，让她像吸氧一样吸一点古时风雅。紫玉兰，像幽僻处吊嗓子的旦角，顾盼生姿，并不理会有没有观者，它长得很有古中国风，"木末芙蓉花，山中发红萼。涧户寂无人，纷纷开且落"，说的就是它。苏州有条紫兰巷，名字真美，不知实景如何。

紫色是高蹈派，又比如"牵牛花呀，一朵深渊色"；还有花如工笔的苦楝，笔法写意、疏可走马的紫藤，"方夏而花，贯珠络璎，每一鬣一串，下垂碧叶阴中，端端向人。蕊则豆花，色则茄花，紫光一庭中，穆穆闲闲，藤不追琢而体裁，花若简淡而隽永"；以及小区深处，静静开放，偶然撞见的一株鸢尾。紫意缤纷的日子呵。

大片出现的紫花，会让人置身梦境：二月兰，成阵地开在城墙野地校园里，去南林大看此花，是南京人的应季民俗，当代《清嘉录》之胜景之一；薰衣草，那更是浪漫爱情片的利器，从韩剧到法国片，莫不采用此原材料；紫丁香——关于伯格曼的晚年，有一段记叙我很喜欢："当他和他第五任妻子英格丽抵达费罗岛时已经是半夜，老房子外面的紫丁香开得十分茂盛，他们在阶梯上一直坐到天亮，静静看海。后来，当他结束漂泊回到费罗岛时，伯格曼由衷感到：'一切看起来都是那么美，那么令人愉悦，一段长时间的旅行之后回到家，那种感觉真好。'"想想这个场景，两个安静老人，衬着纷纷的繁花，白发都生出了清凉意。

紫茉莉名字中有"紫"，但其实偏红，雅气不足。豆类植物一般开漂亮的蝶形花，紫扁豆花是家常之美。在我喜欢

的一本回忆录《也同风雨也同愁》里，陈寅恪的孩子们记得"母亲有意营造一个有乐趣的寓所。以柏树为篱，种葡萄藤。梨树和苹果，还有紫扁豆。豆荚可食用。各色鲜艳的小花，从春天开到秋天，父亲以海棠为灵感，诗兴大发"。在书中，陈寅恪夫妇搬家计有20余次，这些花只开一两次，就得作别。而真正的安心感，不是来自花草，是爱妻和他羽翼下的家。

紫花皆美，不过，可怕的紫阳花（绣球花）除外，都怪万恶的同名小说，把本来走清纯路线的它给连累了。话说在书里，杀手把尸体埋在土里，这种花的特点是：遇到酸碱度改变就会变色，而埋尸的土壤自然会有PH酸碱度的变化，最后让警察叔叔找到了线索。现在一看见紫阳花我就浮想联翩，负面联想过度。

紫色的果蔬，也有超出家常食用的诡异感，比如蓝莓、紫薯。最美的紫果来自伯格笔下的梅李："成熟时，它们的颜色是带黑的紫，但是，当你把它们捏在手里用指尖揉搓，就会发现它们表皮有一层霜：色如蓝色木柴烟的霜。这两种颜色让我想到溺水与飞翔。"官能的魅惑力被撩拨起。

综上所述，紫色在我看来，就是和日常保持距离的颜色。其实看染材就知道，大自然里，可供染紫色的材料实在不多，动物性的大概就是贝壳，植物性的是紫草。"齐桓公好服紫，一国尽服紫。当是时也，五素不得一紫"，这下管仲可看不下去了，赶紧制止这奢靡之风，让齐桓公出来重新引导公众消费理念，"何不试勿衣紫也？"齐桓公就说"吾甚恶紫之臭"，好紫风气顿歇。为什么紫会臭？因为这紫色是来自贝紫，也就是贝类的鳃下腺黏液，它必须借助尿液做染媒来发酵，所以有恶臭。古代最有名的是"齐紫"，也许与齐地临海有关。至于植物性染料紫草，做妈妈的人，都应该常备小蜜蜂紫草膏吧。

简单生活

这个世界,越来越让我感觉到"满":打开手机,各类付费或免费的知识、信息、新闻,某宝的促销广告铺天盖地,扑面而来的热腾腾的物质气息:当季的裙子,新款的化妆品,步入式衣橱,层层叠叠的鞋子,拉出来成排的口红,满是绿植的家中,日系清淡风、北欧极简风或是美式豪华风的各式家居用品错落有致地陈列着,这一切……笔直地指向美好而整饬的生活,似乎只要你下了单,一切美好的人生,即刻在你面前展开。

而随着这"满",又慢慢生出了心里的"空",在手机上浏览半个小时,关机后脑子里仍然是空空如也,趁着节日之名而来的各类消费契机,橱柜塞满,心仍是空虚的。而当这些被过度鼓吹和煽动的购买欲,远远大于生产力时,就会成为致命的诱惑,校园贷和援交女郎之类的故事,在这个时代层出不穷。

有时,我不明白,人类为什么要占有这么多的物质,在短暂的消费欢愉之后(也可能只是"确认购买"那个点击之后),快感瞬息熄灭,转而厌倦,这些匆促生产出来的物质,又为地球制造了更多无法降解的垃圾。它们污染了纯净的雪山,沉积在鱼类的胃里,胶住了鸟儿的嘴巴——相形之下,动植物的一生,真是渺小而洁净:羊吃草,狼吃羊,狼死了,把自己的皮毛和尸体留在草原上,秃鹫会吃掉残尸,更小的动物,会剔掉骨缝里的肉渣,骨架会在分解后营养土壤,它们来自天地,又把自己还给了大地。

人类模仿生物代谢的方式,可能是二手市场:现在有了卖二手书和衣服的一些网店,可以把闲置物品放生,重新流通,让它们获取新生,无须再盲目生产和积压,这是对资源的爱惜。流浪猫狗,以收养取代繁殖,让现存动物获取更高的生存质量。这是对生命的珍视。

设计师伊姆斯曾经对消费热提出过解决方案,他说的是:追求"新渴望",就是:"这东西的价格必须是真正的努力(而不是花钱买来)……比如:学看地图、学说中文、学骑自行车、画出数学函数图表、了解一座城市,这些事物的重点在于:这些领域的货币……是你的能力,让自己全力发挥,

达到完美境界。"——这就是以内消费代替购买，不是去花钱，而是调动内在的能量，付出时间和努力，提升能力，通过这个内化的过程，获取满足。

梭罗在《瓦尔登湖》中说："我愿意深深地扎入生活，吮尽生活的骨髓，过得扎实，简单。把一切不属于生活的内容剔除得干净利落，把生活逼到绝处，以简单最基本的形式，让生活回归到简单，简单，再简单。"为了证明人不需要那么多物质，他带进瓦尔登湖的，只有极少几件随身物品，而在另外一方面，他又是个极其丰富、一生热爱学习、热衷创新的人：他不但改进了铅笔生产流程，还发明了一种葡萄干面包，是个工程师、产品设计师、植物专家，梭罗的理念正是全面调动内消费，获得完整的生命体验。

很多的美好，并不需要花钱买，美国有个植物爱好者，写了四十年的文章，都是关于树，她还有树友，两个人联系的内容就是谈树："檫木开花了！""后院的变化太快，我（拍摄）都跟不上了。"春天在美国的挺进速度，是每天北上15英里，所以这两个不同省份的人，要在两个星期后，才能同步眼前的风景。

我自己住在顶楼，楼下的树长了很多年，终于抵达了我的窗口，每天观察它的树冠变化，让人乐在其中：背面的树叶比正面的要阔大些，因为这是它们的太阳能吸收板，要靠它争取阳光；每种树的叶子也不一样，前窗的马褂木是单叶，爽朗利落，还有棵紫楝是双复叶，枝叶结构繁复鲜丽。

每年春天我都很忙，要去探望很多的老友，也是树友：中山植物园一棵浑圆硕大的朴树；古林公园的一株混植在紫藤里的大木香，枝叶披离地从空中悬垂下来，像一道花的瀑布；午朝门前的两棵华丽丽的绣球荚蒾；台城附近的几树明艳的辛夷，那种春阳下挂在枝头的绯红，一旦委地就会失色；浦口公园的几株腰身合抱的大水杉，皮最喜欢仰着脸拍它们树冠合在一起的样子。还有的老朋友，走着走着就散了，比如绣球公园那棵巨大的樱花树，我总喜欢带了寿司去树下野餐，被移走了。

《人生果实》里的那对老夫妻，其中的那个老太太，她的消费观我也喜欢，她刚结婚时，因为老公薪水不高又爱玩帆船，家里几乎没什么余钱，她就慢慢攒，每个月去买一件真正喜欢的珍品，一个杯子，一个盘子，爱惜地使用，享受着真正使用着心爱之物的快乐，一直到她女儿出嫁时，还是完好无损，它们又成了有意义的传家宝，拿去做了陪嫁，时时陪伴在出嫁的女儿身边："让离开家的女儿，就像看见妈妈一样。"这才是物质的真意。而如果是潦草地获取和抛物，就不会得到这种深刻的满足。

书信里一个女作家的干净与自持

在看张爱玲写给夏志清的信笺——如果想在这本书里看张爱玲的八卦或是艳情故事，怕是要失望的，信中皆是些请夏志清推销书稿，联系出版事项，帮忙找工作，清算稿费等"俗务"，但很神奇的效果是，正如张爱玲工笔细描，一丝不苟地临摹人生及世态一样，在那实实在在的琐事结成的网络之中，却有着旁枝逸出的清气。

这书信里，活生生地看见一个写实小说家的范儿，她没有很多文人身上常有的那股子故作清高、口不谈钱的酸气，无论世俗还是感情生活都一团芜杂混乱，对人对己对事只有狎玩，却无担当的浮泛游离，她落地、靠谱、夯实。张爱玲在美国的谋生方式，类似于文字民工，接各种零活，翻译比她自己差得远的作家的作品、政治论文，她穷、落魄、流离。

赖雅在六十年代已经瘫痪,救济金还不够交房租,她没有固定工作和收入,多次搬家的颠簸,家什失散,导致她连自己写的书都只能向夏志清借。她是港大肄业,所以没有文凭,看重学历的学术界她混不下去,教书不尽是教授知识,兼有人事应对,她自知也做不来;写作吧,这个四十年代在上海红极一时的才女,无论题材还是风范,却不对美国人的胃口,他们要的,是韩素音式的中国杂碎,而张爱玲却是"喜欢东方的人,他们喜欢的,往往是我想揭穿的",自然被市场冷落;连和人几乎不接界的驻校作家,她也无法胜任,她昼伏夜出,把仅有的一点人事应付都压缩了,最后搞得被系主任开除(同事也是学者,就很会走好人情和为学的平衡木,知道去领导处走动,只有她不去,倒是有闲去图书馆借了大摞与课题无关的书来彻夜捧读)。

我一直在想,一个无论从人到文,都收拾得如此明细俱全的人,她到底是太文青还是太不文青了?读张爱玲的难受和读萧红还不一样。萧红是一个热情的傻妞遇到了乱世和渣男,张爱玲是一个过于条理的人遇到了完全不可理喻的随机性世界。清楚明白使她的小说落点精准,让她成为时代录影机式的记录者,可这洁净随心不肯合流,也使她如牛油对水,风对关着的窗户一样,无论在人情、感情、学问上,都无法见容于灰色尘世——想来文字终究是通心的,很多人满纸诗

情氤氲,情趣盎然,到了关键处,却是见解随众,应酬世情的俗骨;而她,字字言俗,唯恐唯美,可骨子里不做人情文章,不敷衍一字虚言,彻夜读闲书的脱俗之气,藏也是藏不住的。

她晚年的诸多查找不到病因的身体不适,和夏志清的通信中不断提到的长时感冒,正如王德威所说的"疾病的隐喻",应该是某种焦虑或是恐惧症的肢体反应:她老觉得有虱子臭虫,浑身躁痒,到处搬家,这在精神因素引发的自主神经功能紊乱症里,是非常常见的症状。

饶是这样,她给夏志清的信里仍然写着"稿费两百元可以了,再多我就不翻译了。等发下来再寄来,不急。我生活目前没问题",她从不提及照顾赖雅和被病人拖累的苦,有次不小心诉了几句丢失文凭的麻烦,立刻说自己"啰嗦了半天,乌烟瘴气"。世人觉得她刻薄,是见她出刀的利落,可她对自己也是不留情的,她认为胡适并不喜欢她的书(除了《秧歌》),每本再版的书她都改了再改,方觉妥当,"平鑫涛觉得我改文是为了多要钱",当然不是,是张对文字的要求谨严,极度自苛,就像她画了提篮的手绘图给夏志清翻译时做参照一样,一个单词都不可以出错。这种爱惜羽毛的洁癖,作为出版人也就是商人的平鑫涛估计不会理解。张爱玲骄傲到不愿意沾自己文字的光:"但凡得到帮助,都是因为文字,很少因为本人的性格,这个是实话。"——她就是这样的干净、自持,从不要人为她担当。

一个有才华的人,她对自己是因为精神分泌物而被爱,还是源于本体而被爱,是能分辨的。前者得靠努力做出成绩维持,后者只要率性做自己即可,夏志清大概就是从前者过渡到了后者,而后者,才是真正能让人觉得安全可据,轻松自如的。当夏志清为张爱玲谈妥皇冠的版权事项,解决了她下半生的生活费,是多么快乐,溢于言表;而当他看见张爱玲不用为生计研究不喜欢的课题,反而能无事忙地从图书馆搬了很多书回家,兴致勃勃地研究人种学,又是多么为她高兴——并非为她能产出高质的精神产品,而是她在做自己热衷的事情。

张爱玲的清楚、明白,在信件往来里,也一目了然,不管是与人的瓜葛,还是学历证书的遗失,任何事项,无论巨细,她都要交代得脉络清晰。这么样一个人,难免显得"初冷",因为她的"暖",得在全盘看清以后才能启动;而她本人戒心很重,很容易紧张,并不轻易与人接近,包括那些谬托知己的狂热粉丝,比如水晶那种,她也小心地保持距离。这本书信集,也是慢慢暖起来的,从一开始只谈出版事宜到后来关心对方的家人,问及孩子和妻子,谈及彼此私事,兴致来了还讨论菜谱(夏志清的体温比张爱玲高多了,倒是坦

然告知张自己婚后的出轨,张也不露声色地,淡淡地提了两次胡兰成)。

有次去逛先锋书店,这书店有个文化角,里面卖些老南京的明信片和明星的照片,最多的是赫本。赫本五官分明,轮廓感和光影效果极好,在黑白时代尤其能彰显优势,可谓天时地利人和,而我却偏爱她老掉时的一张照片,大概50多岁的样子,皮肉有点松弛,却让人回味——眉眼的漂亮如同霓虹灯的闪烁,是浮凸在外的,而当它悉数熄灭以后,更可以看到沉于底部的气质。就像我在哈尔滨,专拣凌晨人散尽时去看中央大街的老房子,那颓败的构件,磨损的木纹,在寂寂中才美起来,因为滤掉了灯光和人气喧腾的干扰。

同理,张爱玲的才情,我当然是在她年轻时写的书里读到的,而我对这个人的喜欢,得自她老了以后的《对照记》和书信集,就像我热爱西西,是从1989年她得乳癌之后写的《哀悼乳房》开始。年轻时乘着旺盛的才力,迎风飞翔,并非难事,这是翅膀的得时;而当你被命运、穷窘、漂泊、疾病击落之后,没有失态、踉跄、乞怜,烂成站都站不起来的一坨泥,还能维持形状,方正、硬净、有尊严地老去,靠的是骨骼里自持的承重力,那才是我眼中的美。

纸窗，纸衣和染色纸

二月的某日，寒流骤来，老式窗子上凝了雾，皮跑来说要在上面画画，结果手一推，玻璃掉下碎了，过年也找不到人修——我正在做笔记，这个是必须"趁热"做的，不然隔天就忘，等于没读。可怜我只好在冷风中打字，后来实在吃不消，蒙了一张皮大人用来包书用的那种塑料纸，半透明，以磁条固定住，效果似乎不错。突然想起《纸》那本书，又翻出来，复读了里面关于中国古代室内装修对纸屏纸窗的记叙。越读越有趣，遂做个关于"纸"的记录。

最早发明纸的国家，我以为是中国，其实是埃及。因为埃及盛产纸莎草，这个制纸工艺比中国式简捷，就是把纤维取出平铺压制即可。在纸张发明之前，中国的很多大事无法入文，所以以讹传讹，变成野史和神话。之后的过渡载体是

丝帛和竹简,所以"学富五车"不是什么很大的信息量,因为一辆车装不了多少竹简,而一卷竹简也铭刻不了几个字。

纸屏纸窗纸帐,作为装修材料,一是轻薄,二是保暖,三是价廉。纸张脆薄易腐,所以得上油。"纸阁油窗晚更妍",说的就是夕阳被纸窗折射后的光效。在日本人谷崎润一郎的《阴翳礼赞》里,也有类似描述。纸装修,是自唐代以来广泛采用的装修方式,到近代已经普及度很高。梁思成曾经在《古建筑寻访记》里写访宝坻广济寺三大士殿,"屋檐离地六米……我们只好找棚铺用搭架的方式搭了一道临时梯子,上登殿顶"。在邓云乡写北京四合院的书里读到过"棚铺",旧时四合院夏天要用竹竿芦席搭天棚以遮阳,端午搭,中秋撤,做这行的必须要会搭架,所以梁思成才找他们来做梯子。老舍《我这一辈子》里男主角也是做"裱糊匠",就是冬天给人家糊天花和窗子,夏天搭凉棚。

各种竹纸和染色纸把我惊艳到了。上次,看到一个韩国人写的《染作江南春水色》,里面记载的中国古老植物染色,抵消了我被日本高妙的民艺挫伤的民族自信。松花笺是用槐花蕾煮汁拖过上色的,金银笺是用云母上色的,葵笺则是用黄蜀葵。又比如:很多标识色彩的汉字为何是绞丝旁?(如"绯""绿""缁""绛")因为这是丝绸染色的专用色谱词汇。

有次在参观韩纸工艺展的时候,看到过纸衣,当时以为是纯装饰性的，但刚在柳宗悦《民艺论》里读到："最为难忘的是陆前（宫城县）名取郡中田村柳生地方所生产的'强制纸'。我不喜欢这一说明性的新品名，但不知古时的称谓。今后，我将其称为'纸衣纸'。并不是只有柳生地方才能生产，但现今仍盛行抄制继承纸衣系列的纸的地方，就只有这里了。这种纸，是加入鬼芋粉（药葫粉）后抄制的，将几张纸纵横交叉重叠贴起来，进而再将其制成揉纸，这正是这种纸的特色。很耐水，甚至还能经数次洗涤，加之很耐磨，没有一般和纸容易起毛的缺点。一旦充分施以揉搓，就会像鞣草一样柔软，可用作贴身衣着及日本男式紧腿裤。作为纸衣，保暖性甚佳，适于防寒之用。"

不过我还是不能确定韩纸展上那件真是拿来穿的。如果也有一件纸衣，我一定要抄上点啥，哈哈哈。

中国方面的记载，宋代苏易简《文房四谱·纸谱》："山居者常以纸为衣，盖遵释氏云'不衣蚕口衣'者也。然服甚暖，衣者不出十年，面黄而气促，绝嗜欲之虑，且不宜浴，盖外风不入而内气不出也。亦尝闻造纸衣法，每一百幅用胡桃、乳香各一两煮之。不尔，蒸之亦妙。如蒸之，即恒洒乳香等水，令热熟，阴干，用箭干横卷而顺蹙……"宋代叶绍翁《四朝闻见录·五丈观音》："转智不御烟火，止食芹蓼；不衣丝棉，常服纸衣，号'纸衣和尚'。"

附：构树

看《扬州画舫录》，里面谈到市集上流通"楮币"（用楮纸做的纸钞）——其实这个"楮"就是构树，也就是《诗经》里"乐彼之园，爰有树檀，其下维榖。它山之石，可以攻玉"中的"榖"。明清时，纸钞并不被百姓所乐于接受，不过因为扬州是七所"钞关"之一，被强令使用钞票纳税，也许多见些。

说起构树，这种树很贱，随处可长，枝形杂乱，也无甚美感，唯一的显性特征是果实，夏初为青色，秋天转红，落地就烂。搞不准，很多人还为被它污损的车子和地面生恼。又翻出前年秋天的一篇日记："昨太阳好，去菜场买菜，露天理发摊的招牌，被照得亮亮的：'理发五元（含剃须）。'老居民区有人整土种菜，不知名野花爬在栅栏上，构树的大红果，摔烂在我脚下。惠特曼写《鸟和鸟和鸟》，罗列了目力所及处各种各样的鸟，读这个篇名，真的会感觉他周围有很多鸟。我向前走着，身边是'秋天和秋天和秋天'。"

构树的果子一般不供食用，只有乡下人拿构树叶饲养牲畜，另外据我的朋友木头专家海弟说，有人拿构树的果实来钓鱼。可能是因为少食用价值，构树不为人关注。我还见过一种生动家常的用法是心岱写的，说是顺手摘片叶子拿它洗碗，这个，我一直想尝试一下！

言归正传，这种树在古代是非常重要的制纸材料，用它做纸，防蛀防蠹，所以常拿它制币或抄佛经。有阵子对纸艺很有兴趣，看到孟晖老师写《纸屏的蝶变》，其中有一节专门是论纸衣的："一如很多传统，纸衣料在中国也遭遇了被彻底遗忘的命运。但是在日本寺院的佛教仪式上，司职人员会穿一种纸做的白衣。另外，历史上，日本很多地方都出产纸衣。具体制作方法是把楮树皮做原料，做成仙花纸，用双手搓一搓，再卷在木棍上押送，揉纸，再制为衣。"其实在中国最早也是僧侣穿这种纸衣，后来变成专为祭祀死人所用。

那次看韩国纸艺展，展厅里配照片图解做纸艺品的流程：把楮树皮蒸煮、晾晒，制成韩纸。那个吹笛的牧童，衣服的细节感，让我想起汪曾祺他爹给汪曾祺故去的娘糊纸衣，能分出羊羔灰鼠和狐皮。我这是瞎想。皮很喜欢牧童笛子上栖着的小翠鸟。第二张是腌泡菜，蒜瓣上还有点初萌的芽。这桶里堆放的成堆蒜瓣，老太太的纤纤银丝，都是纸艺作品，和那丛生野长的构树有某种亲缘关系！这使我每次路过它的时候，都忍不住抬头多给它两个青眼。

颜色和植物的亲戚关系

到了春天,我就不写读书笔记,只写物候笔记了。当我试着记下一点春日即景时,发现自己的色彩术语是如此贫乏:"又见到一个姑娘,穿的是无领绿开衫,镂花透空的白色七分裤,鞋子和包包都是薄荷绿!这种超现实的色彩,勇敢地回应着一夜之间的遍地春色。这世界突然从哈默休伊奔向马蒂斯了,看着都觉得高兴。"我形容不出那个衣服的具体色号,而"天水碧""流芳绿""湖绿""葵绿""虾青""柏枝绿""玉色"……这些古老色谱里落英缤纷的美丽术语,应该都是冬去春醒的颜色吧,可是现代人已经无法准确地拿它对号入座。

今有雨,在家读一本谈染色的书,其实是看色卡和色名,就这么一张张看过去,居然看了好半天。这些得自实物的色彩语汇,在脑海里就是一场视觉盛宴。比如褐色分为"枣

褐""椒褐""荆褐""艾褐""秋茶褐""沉香褐""茶褐""苦竹褐",眼前对应着枣子、花椒、荆条、艾草、茶和竹子,跳出一个个植物的具体形貌,简直就是色阶铮钑的植物园。用不着发达的通感,都能从活色生香的色名中嗅出草木芳气。再看看日本人的色名,亦如是,比如"萱草""栀子""丁字茶""煤竹""小豆""白茶""江户茶""堇色""勿忘草""梅幸茶""枇杷茶""茄子绀""赤白橡"。

植物是颜色的亲戚,很多颜色是以植物命名的。看过《红楼梦》的人,一定记得宝玉的茄色狐狸皮袄,芳官的海棠红短袄,香菱的石榴裙,宝钗的玫瑰紫坎肩。还有很多颜色,是有来时路的,比如"退红"——半新半旧,褪到半路的粉红色;又比如"靠色",染蓝染到最后一交,浅浅的一弯。还有,颜色会有娇嗔或怒色吗?我一直想不明白,"不肯皂"是什么意思呢?是生气了不愿意变黑的灰色吗?哈哈哈。

不但是名字的来源,很多颜色都是植物染成的。"凡染,大抵以草木而成,有以花叶,有以茎实,有以根皮",比如最早的红色染料是茜草,就是《诗经》里的"茹藘在阪",蓝色染料是蓼蓝,即"终朝采蓝",松花笺是用槐花蕾煮汁拖过上色的,葵笺是黄蜀葵汁浸染的,栀子染黄色,石榴染红色,红花染绯色……我曾经吃过很长时间的中药,每次吃到红花什么的就得刷牙,怕牙齿变黄,原来人家本来就是中国古代的植物染色剂——不只它，包括吃过的郁金、黄柏、板蓝根，通通都是。

冬天带皮去植物园，她在麻栎树下捡到好多迷你刺猬一样的栎斗，里面包着青冈子，这个斗壳也是染色的。我的朋友青衣也喜欢自己玩草木染，她告诉我："我有次桑葚染紫，结果染出来是蓝色。还有，前几天我收拾阳台，把木耳菜的枯枝收拾一下，木耳菜结那种黑色的果果，结果我发现踩破了是很漂亮的紫，我收了一些，准备再把一件穿旧的白衣给染了。"哎呀，真是高手在民间。在古代，染布也是女红的一种，"缣罗不著索轻容，对面教人染退红"，就是女官拿来最轻薄的纱，示范给宫女染色的场景。节日也要靠"染制人造花"营造氛围："荆楚之俗，四月八日，有染绢为芙蓉，捻蜡为菱藕。"

读日本民艺书时，也常读到写染匠的篇章。"以自然为伴从事劳作的人，心里都有本自然日历：春天采蚕丝，五月采麻，冬天采蕉。至于蔻蒌，野猪爱吃它的季节色最美。梅雨季则是染色的时候。"我们中国的《诗经》里也有"七月鸣鵙，八月载绩。载玄载黄，我朱孔阳"——孔阳是绯红。我喜欢与物候同步的那种古老农业社会的天人相依。

买过两本张琴的书，她是专门研究蓝夹缬的，据说在温州瑞安还有夹缬博物馆，哪天有空时很想去参观下。

清晨的空气

尤娜和玛丽,是两个女人,两个上了年纪的女人,两个女艺术家。她们是恋人。在同一个幢房子里,有各自的工作室,中间隔着大大的起居室,互不干扰,但可以遥遥相望。

有很长一段时间,她们住在一个海岛上,尤娜写作和画画、造船,放空枪警示不法来客,去远远的岛岬,捡来漂流木,顺手做成小小的木雕;玛丽则为书籍画插画,回复读者来信,拒绝无聊的邀请,烤面包,买日常生活用品。

她们一起听暴雨来临前的轰轰雷声,一起在窗口欣赏浓雾下的港口,一起出海下网捕鱼。每到傍晚,尤娜就拉起窗帘,玛丽拔掉电话线,两个人开始看电影。她们收集了很多录像带,家里有个很大的木头柜子,是尤娜做的,专门用来放电影:严肃醒世的法斯宾德、酷爱景深镜头的雷诺阿,还有充满了勇气和力量感的西部牛仔——那是尤娜的心头好。

两个人都喜欢旅行：坐灰狗穿越美国，坐船去日本。尤娜爱沙漠、雪山、墨西哥的游乐场，玛丽则喜欢到处看蜡像馆和墓地，她们一起收集奇形怪状的鹅卵石，在酒吧里录下自动点唱机、酒客叽叽喳喳的聊天，还有收银机的声音。

两个人都是录像迷，带着摄像机到处拍街景，归家后，两个人并肩看一起旅行过的地方、度过的时光。每当那些路遇的风景、沿途的声音响起，那些好时光，就回来了。

像往日一样，这份工作自然也有分工：尤娜负责拍摄、剪辑、配乐等艺术制造过程，玛丽管着购买胶卷、驱赶围观群众，以便尤娜专心工作。尤娜兴奋地对玛丽说："你看到那条鲨鱼了吗？"玛丽很沮丧，她一心惦记着即将耗尽的胶卷，根本没顾上看鱼。回家以后，尤娜默默地把录影带放给玛丽看："看，鱼就在里面。"

书里，充满了这种微妙的抒情，暗香缓释，美极了。类似于任何一段感情，这段关系里，也有他者的介入、危机和共度。尤娜和一个年轻的女学生性情相投，天天黏在一起工作，玛丽再也不来工作室了。温和淡然的玛丽，有天突然想看她从来不爱看的凶杀片了（心里也在磨刀霍霍吧）。等女孩子走后，尤娜想做版刻了，说是她想起了自己的青年时代，又有了新的工作热情。一场隐隐的情海风波，就这么无痕地

消逝了。而它只是发生在眉间眼角,从未被说破。

她们有共同的孩子,就是尤娜的作品。玛丽是第一个阅读者和编辑。她冲进尤娜的房间,喋喋不休地说着自己对作品的意见,尤娜愤而转身进厨房冲咖啡,准备发作了,她想:"干脆让她来描述一下我吧,看看她自己的写作能力,有没有资格来评判我,她会怎么形容我呢?脸很宽,鼻子大不隆咚?"她回到起居室对玛丽说:"来,玛丽,你描述一下我吧。"玛丽愣了一下,深情地说:"首先我会描述你的耐心,你的固执,你是一个只做自己喜欢的事情的人,你的性格配上那短短的脖子,会让人想起古罗马的帝王……"尤娜顿时转阴为晴了,"来,我们继续修改。"

我看得都笑起来了,好甜蜜的情戏啊,没有一句表白和争吵,甚至当事者都不知情的时候,情绪的毒素就转化成了蜜糖。

这本书里的生活,虽然隶属于两个老太太,但它充满了清晨的空气:清新的海潮香、不断探求未知领域的明亮的好奇心、天天策划旅行路线的兴致勃勃、探讨作品的热烈。每一个日子都那么簇新,在前方冉冉升起——玛丽回复的一封读者来信,是来自一个年轻女人(也已经有五十了,但对尤娜和玛丽来说,算是年轻的),那女的对一切毫无兴趣,想知道生活的意义。玛丽说:"我想对她说一些小事,比如春天就要来了，把水果摆在好看的碗里，或者，一场暴雨正在靠近……"

其实，我想说的是"老"这个问题，在这两个70多岁的老太太身上，我完全看不到暮气。解决问题的枢纽，应该就是这本书的第一句话："尤娜有一个幸福的特质，她每天早晨醒来的时候，都仿佛想要迎接一段新的生活，新生活引导着她，勇往直前地冲向夜晚。它洁净、不可捉摸，没有往日的忧愁与得失。"

这样的老年时光，即使没有婚姻、子女，但又何其丰富有趣，生命的活力，并不完全以年纪来划界，而是依据内心的活跃度、对外界的好奇心。一种生命力的浓度和热度。

书的作者，是托芙·扬松，"姆咪"的创造者，这小说应该是取材于她与同性恋女友的同居故事。

耶路撒冷异乡人

一 后早晨的气味

以色列作家奥兹的小说里有个词,叫作"后早晨"的气味。《爱与黑暗的故事》里,有很多生鲜的词组,这是其中的一个。它是整部小说的时代和情感背景。我百度了下,未果。

生硬地解释一下:"后早晨"是一个滞后的、降温的、激情时代的灰烬物。比如,"燃情岁月"是二战时很多犹太人参加地下抵抗组织,集体加入盟军反纳粹部队,之后非法移民巴勒斯坦,进行新农村建设,与阿拉伯五国殊死搏斗,热血,臭汗,喷薄的斗志。"后早晨"则是1947年联合国的分治协议通过以色列建国。虽然有了自己的土地,可是犹太人的生活却破败、黯淡、阴霾。在这个时代里,只有发钝的剃须刀片,没有味道的牙膏,代乳粉,代蛋粉,廉价的饲料样的鱼片，粮油票证本，食品配给，杂货店前的长队，黑市上的交易，卑琐的民生，以及发育不良的精神与身体。

奥兹写他妈妈的笑，"她看着他，可是她的微笑里没有笑"。又想起一句反向的话，好像是张爱玲写的？一个恋爱中的女人，"她分明没有笑，可是眼角、唇角，都是溅出来的笑"。

奥兹妈妈，那时已经是抑郁症后期了。她是个波兰磨坊主的女儿，在契诃夫和巴尔扎克式的壮阔诗情中长大，又被布拉格的老欧洲情调催熟过，最后来到了耶路撒冷，这个群山环绕的贫瘠地带。四周全是山，还有岩石和沙漠，英国人、阿拉伯人、地下斗士，黑夜里机关枪齐发，人肉炸弹，胡狼的嗥叫，汽油弹照亮了夜空。沙土袋堵住了窗口，厕所里的脏水流到脚边，整整一年多，他们在阿拉伯人的封锁之中，连肉都吃不到。奥兹爸爸，是个口才卓绝的学术狂人、话篓子，婚姻是他一个人的单口相声。他需要的，只是一双大容量的耳朵，不是一颗善感的心。

当爸爸总是找借口会客、交游、出门，当他不停地换新牌子的剃须水、新衬衫，每晚出去会婚外女友的时候，"后早晨"的气味也就越来越浓郁了。对一些人来说，它是隔宿的污浊空气，对敏感系数太高的人来说，就是致命的煤气。

妈妈自杀时，奥兹12岁。24岁他写《我的米海尔》，那

本书里汉娜的原型,就是他妈妈,她不堪忍受无色彩的黑白肥皂剧婚姻,像只缺氧的鱼,日渐消沉。我的朋友二丫说这本书写得不好,隔着玻璃,不能触摸。我在想,这个玻璃,就是24岁的奥兹,离自杀事件还不太远,无法平和地浸入。

妈妈的自杀,是奥兹童年的阴影。他生她的气,因为她不辞而别,没有拥抱,没有片言解释,而在平日里,即使对完完全全陌生的人、送货人,或者是门口的小贩,妈妈也总是送上一杯水,一个微笑,或是三两个温馨的词语。在奥兹的整个童年,她从未将他一个人丢在杂货店,或是丢在一个陌生的院落,一个公园。而这一次,她转身就走了。直到晚年,他才能潜入水底,去打捞。《爱与黑暗的故事》,从妈妈被欧式激情滋养的童年写起,一直到这条纤细的诗意成长线,被耶路撒冷粗糙的日常生活彻底摧垮。

他回想着妈妈的孤独,她整夜地看书,她说书永远不会不搭理她,转身抛弃她。爸爸偷情的夜晚,她赤脚在地板上走来走去,用家乡话,对着自己小声唱歌。作为孩子,奥兹有被弃的羞愤;作为男人,他用了毕生的时间,溯源她自杀的情绪源流。

奥兹写妈妈自杀这件事,从头到尾,只用过一次"自杀"的字眼,其他都是姿态较为中性,少谴责意味的"去世""过世"。写他爸爸的不得志,最重的话也不过是"他是个没有创造力的学者"。因为这种"差一步",奥兹老是抓不到痒处;也正因为他总是"差一步",我还会继续把奥兹读下去。

二　耶路撒冷异乡人

奥兹的《爱与黑暗的故事》,写的是最早一批移民到耶路撒冷定居的欧洲犹太人,他们的不适和失根的痛苦。去年我又读了《耶路撒冷异乡人》,这本书是个以色列籍的巴勒斯坦裔作家卡书亚写的——对我这种政治盲而言,看这本书之前还得稍微补习下巴以关系,耶路撒冷东西分治之类的常识,不然根本就看不明白。看完之后,突然想到,因为犹太人的财力、势力、发声能力都过于庞大,以至于我都忘记了,以色列还有很多的失去家园的巴勒斯坦人。他们在自己的国度里,也成了异乡人。奥兹笔下的流亡感来自犹太人的无根,而卡书亚写的是阿拉伯裔在犹太人掌控的耶路撒冷的异乡感。

巴勒斯坦人,长期忍受着不公正的待遇,包括被剥夺土地,限制受教育权利,每天过边防时必须被查身的屈辱。他们入以色列籍贯,却没有与犹太人平等的地位,上学时只有犹太新年颂,却没有阿拉伯文学,考试或工作必须使用希伯来文,即使侥幸通过学业竞技获得成功,就像小说里的律师,也仍然保持着对音乐、文学和戏剧(犹太式文明)的疏离感。在

一切有序上升到预计目标之后,这个开着奔驰住着洋房的巴勒斯坦成功者,发现自己的妻子莱拉有可能与埃米尔有过外遇。而埃米尔,则是更多的以色列籍巴勒斯坦后裔的代表,他是个混迹底层的loser,住着群租房,母亲被家族驱逐后只能靠卖淫养活他。他为了谋生,去照顾一个植物人,犹太人尤坦纳。

不过,比起志满意得的律师,我倒是更喜欢埃米尔的内秀。小时候他想学钢琴,可是妈妈只买得起玩具键盘,被老师拒绝后他回家的交代是"老师说我不够优秀"。长大以后,他仍是害羞到不能在喜欢的女孩面前吃饭,公车上他得先跳下车再重新上车,因羞于让女孩侧身而过,可是他内敛中自有缤纷的内心。"乘车途中,我一直埋首于我的嗜好:观察住家,在一片漆黑建筑中,找点了灯的房间,人影和电视机的光,好奇室内有怎样的人,他们的房间暖和吗?身边围绕着孩子吗?一起做功课看卡通吗?"这习惯和埃米尔很配。

他穷又自尊,偷穿了雇主的鞋子去约会莱拉,却不发一言,"我们之间唯一的交谈,是她高跟鞋的叩叩声和尤坦纳皮鞋的吱吱声"。七年后莱拉的律师丈夫问及此事,他说不记得。因自知不能给对方未来,所以不言爱;因怕破坏对方家庭,所以不记得。爱到不言爱,不记得,这就是在公车上会揣想灯下景象的,害羞而内在丰富的埃米尔。而这无声的善意,会打动那些珍惜善良品质的人,比如我,比如尤坦纳的妈妈。最后，在尤坦纳去世时，他在尤坦纳妈妈的默许和配合下，取代了尤坦纳的身份，成了一个地道的以色列犹太人。

三　何处是我家园

　　1992年，爱德华·萨义德重回耶路撒冷，手持美国护照，官员问他何时离开，他说1947年。问他此地可有亲戚，回答一个都没有了。那些失去土地的巴勒斯坦人，当然也包括爱德华·萨义德的整个家族，无国无身份证，只能出外旅游，困在加沙地带，寄居在黎巴嫩、约旦、叙利亚的难民营。以色列重得耶路撒冷，巴勒斯坦人却失去了他们的迦南。

　　很奇诡的是爱德华·萨义德对巴勒斯坦文学的一段评述："令人惊讶的是，巴勒斯坦散文和散文体小说在形式上的不稳定性。在小说中，为了完成某种形式，作者们努力创造一个连贯的场景。这种叙事会战胜表达现状的理论上的不可能。迫于生活的离散和混乱，巴勒斯坦人必须为自己开凿道路……巴勒斯坦作家卡法尼的句子表现了这种不稳定——现在时服从于过去的回声，视觉动词让位于听觉或嗅觉动词。以这些努力抵抗现实，保卫过去那些珍贵的片段……巴勒斯坦的文学不是逐步有序的陈述，而是破碎的记忆，断续的结构，自动上演的证词。"

　　生存居然会影响到文学的状态，这种颠簸让我思考了很久。

被小说打败的自传

从去年夏天等到现在,格雷厄姆·格林的传记下册《逃避之路》终于出版了,作为格林粉当然要收。读了以后发现,这本下册算是比上册(《生活曾经这样》)有趣——格林小说的情节故事都是精加工,有苦心经营的波澜和设局,但是他有几本书是解除文字武装的,一本是《梦的日记》,还有就是自传的上册。私心觉得,格林的传记没有小说精彩。格林不善于老老实实地端坐在那里自我交代,这本传记的下册,谈了他的创作和人生经历,但是文字的组织形式像小说笔法,有场景,有故事,有很多配角,等于是把素材立体剪裁过,就比上册好看,但仍逊于小说。

作为读者,我们平时都是站在成品这一端,而小说家面对的是原始素材。读格林的自传,可以当作是参观他的加工车间，看他谈论自己的写作历程，写每本小说时的情境和灵感源——作家的创作札记也有异，契诃夫好像都是几句话，一个人物形象；村上春树为《1Q84》做准备的《地下》则很翔实；格林则是一边四处考察，体验生活，一边生灵感，记下所遇所感，不断修正情节格局，人物个性，调整出口入口。契诃夫笔记通常是只言片语，记录人物及其最富神采之细节，而格林考虑更多的是事件、情节架构、安插抖料等，大概因前者写的都是短篇而后者是长篇。

格林这本自传，还可以当环球游记看，他的"游"和"写作"一样，其实是"逃"，借此来逃避痛苦、空虚和抑郁症的折磨。他经历丰富，谈资丰厚——格林做过记者、特派员、间谍。他很会带你玩，不断变换叙事场景：南美——《哈瓦那特派员》，非洲——《问题的核心》，墨西哥——《权力与荣耀》，纳米比亚——《没有地图的旅行》，只有那个《布赖顿硬糖》是在英国本土。话题宽泛，随性所至，政治、宗教、美容、服饰，哈哈，一个玩兴不衰的熟男。诚如唐诺所言："格林，这个小说史上最多疑世故的书写者之一，笔下倒常出现信仰超级坚定、入火不燃入水不湿的正面人物，这人物不是像神像一样供着，而是被其他角色不断攻击、质疑、挑衅、讪笑，但和那种把美打翻，全部变成丑的作家不同，格林会一直和人物辩论下去，期待善可以获胜，虽然就像人

生一样,往往不会有终极输赢。"格林的叙事方式和体味,让我着迷,像一个世故又体贴的熟男,他顾及你的情绪,说故事总是不瘟不火,没有激烈的情节,没有政治意味,没有少年人的血性劈杀,没有老人的兴味索然,就是一个中年人的人情通达,什么都见过,早已水波不兴、宠辱不惊了。丧失信仰,却怀有信念,他的笔下,恶无所不在,而人又在沉沦中挣扎。他久经情场,对女人会品味,也有理解力和恐惧。

他书里当然有极善之人,比如《问题的核心》里的斯考比,可是他为了行"善"却得以"不善"为路,为了给郁郁寡欢的妻子度假所以渎职受贿,因为怜悯丈夫遇难的海伦而出轨。走人性的平衡木,玩临界点,没有人比格林手势更圆熟——关于小说比自传好看,再举个细处的例子:格林1942年在西非接到家人电报,是两封,一封说父亲病重,另一封是去世,结果两封递送次序弄颠倒了。而在《问题的核心》里,这个素材被使用了。风雨之夜,斯考比安慰新寡的海伦,说自己当年收到女儿病亡噩耗,是两封顺序弄错的电报,恍惚后他感到绝望的安心,随即他因怜悯爱上她——自传里这个故事交代得干巴巴的,而小说里,则被格林写得汁水淋漓,颇为动人。

而我至今仍然记得读《恋情的终结》时,那种心惊。书取材于格林自己的真实经历,他曾经与一个议员的妻子相恋。

莫里斯第一次爱上萨拉的餐馆，他们点的牛排洋葱，他们做爱时发出嘎嘎声的楼梯，都是有原型的。而这些场景，在小说里被安插得行云流水，全无设计痕迹。比如那盘洋葱，"因为一盘洋葱而爱上一个人，这可能吗？而我就是在那一刻坠入情网"。对洋葱的讨论，让格林觉得凯瑟琳是个率性而真实的存在。

　　书里的女主角，和黄药师他老婆一样，纯属摆设。书的亮点：一、格林的嫉妒，二、亨利的隐忍。前者已经被无数人讨论得口水飞溅，我来说说后者。亨利是个寡淡的丈夫，公务员，居家气质，结婚多年，最初的激情早已被冲淡成平淡的逐日。由此他的妻子，美丽灵性的萨拉，红杏出墙，爱上了心灵契合度更高的格林。

　　格林是个作家，小气、妒心、破坏欲旺盛，在泪水和疼痛中方能感觉自身的存在，至少这本书的叙述是倾斜的，像是一个人和自己对爱情的偏见角力。前半本书里，他都用格林式的剑锋奚落着这个绿帽子丈夫，作为一个成功的勾引者，格林一定享有某种优势和制高点快感吧。可是到了本书后半部分，他才知道，那个他眼中迟钝、乏味、情商低下的丈夫，其实早就明了自己妻子和他的奸情。这个绿帽子丈夫，甚至在妻子过世以后，主动来找格林谈论自己的亡妻，"在这个世界上，我最害怕的事，就是有一天回家，发现她留下一封告

别的信。她死了,我总算可以知道,每晚她在哪里了。我最大的享受就是和她说话,现在她不在了,我来和你说说她也是好的"。

当年看《包法利夫人》,使我深受震动的,也是那个绿帽子丈夫,在妻子服毒自杀后,一边倾家荡产地帮她还债,一边独立抚养遗孤。有一天,他牵着女儿的手在街上走,看见妻子的姘头,他默默看着对方远去的身影,心里涌起一缕柔情。这个男人,和"她"厮混过啊,毕竟是个睹物伤情的纪念品,哪怕它的载体和外壳,是屈辱和蒙羞。谁没有几分傲骨呢?可是爱岂容你骄矜?爱情是天降横祸,你激情如火,也许正撞上对方急于如厕;即使全世界的人施你青眼,那个你爱的人未必愿意多看你一眼。有经验的人说"爱比死更冷""更多的人死于心碎",没错,不久包法利郁郁而终。

爱情的可贵,是因为它的质地,和人性是从一块布料上裁剪下来的。如果一种爱情,只是甜熟的赞美,温柔的呵哄,浮泛的肉欲,只有积极、建设、平等、互动,那是因为它的钻头没有深入人性的深处,飞沙走石,继而激起渣滓和秽物。格林的挑唆、自私、占有欲;亨利的卑贱、逃避、怯弱;萨拉的摇摆、背叛、不忠,都是爱的排泄物。廖一梅说:"深刻的感情从来与满足无关,满足只能贬低情感,使情感堕入舒适、惬意和自我庆幸的泥潭。爱一个不爱你的人,一个登徒子，一个同性恋，那些无力满足你的人，这样你可以更加清晰地遭受爱情的重创。没有虚荣心的愉悦，安全感的满足，甚至没有身体的舒适，只有爱情，令人身心疼痛的爱情。"

我一直在想，我的性格，或是说与世界相处的方式，成形于年轻时读过的大量西方小说。也就是说，我思考事情的角度，不是模具酌量式，比如拿"道德""理教"去量，而是看因果成长线，也就是看人物在特定情境中有没有做这件事的必然性。

我个人最喜欢的格林小说是《一个自行发完病毒的病例》。我对格林的心理历程一直很感兴趣。他14岁就有抑郁症并接受心理治疗，在自传里他当然也谈及此事，但远没有小说写得舒展。奎里对咒骂他的莱克尔说，"我已经20年没有过痛苦的感觉了，想让我痛苦，需要一个远比你强大的人"，"我早已从生活中退场了"。浸润角色的颓废，那种存在感稀薄，对万事的倦意和世界无法产生摩擦力的疲劳感，挺生动。奎里因为抑郁症，放弃了业已成功的事业，走上了远赴非洲的"逃避之路"，他去救助麻风病人，绝非史怀哲医生或特蕾莎修女式的善心，也不是《刀锋》中拉里式的求道，而是"精神冷漠症"，也就是生命处于被动状态，听之任之……这是我看到的关于抑郁症最好的教科书。

甜 区

甜区其实是个体育术语,它来源于英文单词sweet zone或sweet point,也有不同的中文译法,如"甜蜜点""甜点",意思是指球拍拍面的最佳击球位置。它意味着击球的力量、手感和对对手的冲击力。

说说写作中的"甜区"。比如说我深深喜爱的某作家,在新书里,我认为她没有发挥出最好的文字水平,这绝非因她技术下降,而是她偏离了自己的"甜区"。具体地说就是她是个长于横向书写的人,比如说笔力一落到具体的情境描绘、人和故事上,浸润感就很好。而新作是纵向的,是就一个个主题发起思考,这个空中技巧不是她擅长的。类似的例子实在太多,比如很多小说都好在散文化的段落,而不是情节的架构和遒劲的思辨力,这就是因为作者回到了她的"甜区",能用力的部分。

对"甜区"的依赖乃人之本能,就像四季色彩原理中,春季人穿亮丽色系,秋季人穿大地色系,就会高效而准确地赚取预期美感一样。但是这种轻车熟路,注定射中靶心的安全系数,也会变成固定路径的狭隘。有时,看见一个作者努力而诚挚地写着非甜区的文章,我甚至有点淡淡的感动,他是用力想拓展自己,离开手到擒来的工具和地盘,蹒跚地跑到陌生地带去探险。"甜区"大小影响了一个作家的活动半径,以及后期可持续发展性。(但也不是绝对的,也有用单一文体和题材反复写也能写得好看的。)

我喜欢19世纪末20世纪初的小说,那时是写实主义的高峰期,而且作家们多不是知识分子,他们秉承一个观念:写作得取用直接经验。因而他们个个人生经历丰富,不管毛姆、格林还是奥威尔。毛姆素来看不起书房作家(以至于有些人以为他不读书,直到读到他的书评,细致犀利),他自己17岁就跑出去游学了,他要是写异域风情,无论印度还是中国,就一定要实地考察,听到他们的口音,打量他们的穿着,摸熟他们日常生活的细节。格林亦是履痕处处,遍布全球,异域风情密布,什么行业和阶层,他都了如指掌,他传记的下册是可以当环球游记来读的,哈哈哈。他经历过二战伦敦空袭、战后原殖民地独立浪潮、中东战争,他的足迹更从苏伊

士运河一直到西非的塞拉利昂。他做过间谍并亲临火线。

奥威尔更好玩,他自己是中产出身,伊顿公学出来的,结果放着好端端的殖民地警察不做,辞了好几百镑年收入的工作,换上褴褛衣衫,遮住自己的伊顿口音,数年混迹于流浪汉等危险人群之中,以期获得最近身的精确资料。后来为了写《向加泰罗尼亚致敬》,又奔赴西班牙前线,舍身参战之后做出实地考察笔记——这类动态取材,就等于是不断调整素材库"甜区",不让自己淤滞在一处。

再说阅读,这个我拿自己来举例吧。我个人的"甜区"是西方小说,散文部分是民俗、植物、园林、美食、家居、工艺,名物考据这块,还有中国的古诗词和笔记。只要在"甜区"范围内找书,基本都不会失手错选,但流连甜区容易造成偏食,为了荤素搭配,丰富精神食物结构,合理摄取营养,就不能只顾舌头不顾胃,就得把自己频频赶出"甜区",强令大脑读一点"非甜区"的书,建筑啊,历史啊什么的。

离开熟悉的"甜区",一开始是咀嚼艰难,口感不适,但慢慢也渐入佳境。比如最近我很受益于芦原义信的一本建筑书《街道的美学》,讶异于他对直觉的抓取和理性析出的能力。我自己很多感性的习惯,都能用他的建筑理论来阐释。如喜欢窄小栽树的街道(可用D/H值来解,某一个比例会让人舒服),偏爱座灯,讨厌高悬的白炽灯,这是因为反射光在夜晚比投射光更易构成室内氛围；在广场、咖啡馆、教室里总找死角坐，这是"阴角原理"，封闭空间会带给人母体的安全感。还有为什么在文学作品中，日本的街道和建筑没有欧洲的有美感，是因为二次轮廓线过多，干扰视线，且不利于语言描述。还有日本人的内心，深深渗透"地板型建筑"的精神……这些知识点，都给予我很大的启示，可以冲淡成很多杯营养液。

不仅阅读，包括思考方式也有"甜区"。昨儿还看阿城说："美院和美院附中美学教育有一个错误，就是让女孩子也去画素描结构，这不是她们的长处，那是男性脑的长处。女性脑就应该从颜色开始起，不要管素描，从颜色开始走就对了。"人际交往亦有"甜区"。前年写过"我喜欢和散文人格的人生活在一起，温煦贴地，没有情绪陡坡；和小说人格的人做朋友，丰富有趣，跌宕多姿"，这个就是敏感又好奇的本人的"甜区"。敏感易受惊的心可以舒展，好奇的眼睛也可以多打开几扇窗户。但每个人的"甜区"也不一样，有些人可能喜欢通过交锋来磨亮刀刃，不让思维生锈或关系死水化，又有人喜欢过山车似的跌宕戏剧感，觉得非如此不刺激。总之，林林总总的甜区，因人而异，选择重蹈旧路无可厚非，偶尔涉险也别有趣味。

旅途中的书

我是个天生的宅女，喜欢和家有关的一切，包括家居类杂志，卖琐屑生活用品的小店，每次去宜家都在样板房里流连忘返。偶尔宅女也会出游，在出门之前，我早早准备好迷你装的各类护肤品、化妆品和睡衣等，都是平时用熟用惯的。简言之，尽量细节化地复制家居氛围，恨不能把一个微型的家当成蜗牛壳背在身上才好。

作为一个资深的、极度精神化的文学青年，营造精神家居氛围自然是更重要，所以，每次旅途中我都会带书。一卷在握，立觉心安。印象中书和旅途结合得最完美的一次，是坐一列绿皮火车去福建，那条路线途经闽北武夷山区。坐在窗边，山色水光旖旎扑面而来，泡杯咖啡，看看风景，瞄两页书，再把景色和警句在心中一同咀嚼下，可谓美事。抵厦门,那里小资书店遍地皆是,我当时住在厦大北门,每天出门就去逛逛那个小小的晓风,后来在鼓浪屿上又找到一家,在里面和店主喝工夫茶聊天(那是2004年,之后再去店址什么都变了),淘到了《周作人自编文集》中在南京没买到的几本,回来后对比了下,两批书有色差,虽然都是水墨的灰白,大概印次不同。

去广州,住中大旁边,这是我很喜欢的一个大学,像个迷你社会,银行邮局都在校区里,我用了一天的时间去逛。教职工宿舍里有个小院子,主人支了阳伞,放了多层小花台,岭南的植物又茂密,很像卢梭的画境。邻中大的书店也去逛了,小古堂,大名鼎鼎的博尔赫斯,买了一套老版的纳博科夫。店小小一间,显得逛店的人被放大了,焦点化了,像直奔主题的大床房,年轻男女一进去就有色情意味。赶紧溜到大点的店里,让自己像盐粒被空间冲淡。

从黄山下山,在屯溪歇脚,新安江边看着大江滚滚而去,吃完了臭鲑鱼和一品锅,例行找书店。商业区里,在那家小小的黄山书店,买的是皮皮的《全世界都八岁》,我喜爱她的短篇,像哽在喉咙管的吻。家里已经有一本黑白二色的,又买了本黄皮的。

最失算的一次,是去云南,很不明智地带了张小娴的《一个人的月亮》,她的散文文字密度低,很快就翻完。第二

天的行程是到丽江，丽江固然美，书店却难找，我的精神已经饿得不行，最后在满是旅行指南和风景画册的小书店里，总算找到一本字比较多的书，叶锦添的《繁花》。然而也很快看完，只好在旅馆的后窗看隔壁小院的孩子和狗玩，这种贫瘠感浸润了我的旅途。另外一次沮丧的经验，是高考那年的暑假，去了一个苏北小城访亲，可怕的无趣感，也是因为没书可买，在小小的柜台前转悠良久，结果发现了老海天版的《亦舒全集》。装帧清新，开启了后来数十年读师太小说的开端。

书店密度和南京比较接近的，苏州算是吧。带不带书都问题不大，几条街过去，总能找到一个书店。去沧浪亭时，遇见了非常喜欢的蓝色书店，小小的二楼格局，书痴们盘腿而坐，必须得弯着腰，从逼仄的屋檐下，人腿中穿过，才能找到书。那种迷你又密集，像是一个书的被窝的感觉，是很温暖人心的。最近一次，慕名而去的是雨果书店，暴雨将来的午后，拖着幼小的孩子，走错了路，汗流浃背地问了很多人才找到。好像是个俱乐部会员书店，进店必须买书，有的书如果是单本还不卖，店里有端午气味——熏了苍术？买了本《时光噬痕》，盖了章，比我想的好看。

我挺喜欢二三线中型城市的新华书店，大多数人对新华书店印象都很差，其实不然，因为销售的滞缓，不够商业化，在新华书店里，倒是常常可以找到过期老版书（小资书店里则几乎都是新书，网上也可买到，并不吸引人）。在柳州买到一本退休建筑师回忆儿时的图文集，简洁有趣，手绘插图也很有意思。出门时让店员给盖章，柳州新华书店的章，是花和数字。一开始以为是市花，后来发现只是普通图案。（桂林新华书店的章则是个大象鼻子，倒是契合景点意象，很趣怪。）

在青岛，贪恋那潮湿的海风和濡湿空气滋养出来的遍地绿意，坐各路公交从不同路线，穿越这个城市，半夜找烧烤摊，吃海鲜，喝扎啤，却只见到中山路上有一家新华书店，因为赶路也没下车去看。随身带的书是梅·萨藤的《海边小屋》，应景之处体现在：站在第二浴场的栈桥上，凉凉的海水漫过脚面，想着该怎么定义这暴雨初歇的大海？雨雾中灰蒙蒙的。随即想起《海边小屋》里，梅·萨藤用以形容海水颜色的色彩语汇有：缎蓝、湛蓝、浅蓝、钴蓝、深蓝、安吉利科蓝——居然没有一个可以对号入座。大概近海远海和水质的区别吧。书痴的任何经验，都得在书的坐标里。

在绍兴，逛完了鲁迅故居，爬过塔山，在街头巷尾的新叶香气里，找到新华书店。二楼是特价区，店员寥寥，看到一套人文社的打折名著。若干年后我去扬州，盐阜西路的古籍书店二楼，那没有店员看管，完全自选状态的开架书，满目的老书、碑帖，窗外的树影森森，隐隐的运河，都让我想

起绍兴那个书店。

前阵子去北京,和朋友一起逛了万圣。这世界上,有"旅伴""吃友""麻将搭子",如果也有"书店友"这一说,那就是我和他了。常态下我不喜欢和人一起逛书店,因为在书店时,就是人和书的相处,那也是插不下第三者的。和男人去自是不妥,和女友去?极少见好书如好吃好穿好打扮的女人。倒是有那么若干精神知己,又舍不得逛书店了,散步喝咖啡时的对话密度更高啊。只有这么一个人,让我觉得可以同逛书店,他博学、睿智、聪明绝顶,专业优势和社会经验又使他的知识半径大于我,任何信息球都可以接住并回应你,聊天自是开怀,不说话也很舒服。他站在经济社科那几架书前,我去逗书店里的大猫玩,也各得其所,这种奇异的体验,这一生只对这一人有。想对他说:"你平时尽量少逛书店好吗?攒着等我来了一起去!"

最悲戚的一个记忆,是17岁时报考北影文学系,我妈陪我北上,我们住在地下室,吃最便宜的盒饭,找了一个电影学院的老师给我开书目,划重点。要买很多书,去中国电影出版社的门市部买,店员按照我的书单给我配书,有《电影知识手册》《电影鉴赏辞典》《文学知识》等。整整一个月,在北方干燥、不见天日的地下室,我和浪漫的电影情节为伴,就是那个斑斓又苦涩的记忆。后来我落榜,背了一大包书从漫天风沙的春末北京回到南京,开始了我漫长的文青生涯和自修之旅。

有次若水问我,将要去云南长途旅行,带本什么书好?我毫不犹豫地说:"当然是李澜的《夏目漱石的百合》。考据日本文学中的植物、建筑,比学术有趣,比格物更有血肉感,营养又不乏味。"其实,这也是我一直以来的计划,希望可以在某个长假中得以实现。

辛波斯卡：日常生活颂歌

有了皮之后，我离开了城郊的新建小区，带着孩子回到妈妈家住。那是一个效益不好的军工厂的老宿舍区，一开始我很不习惯它的卫生情况和配套，垃圾散落，夜市喧闹，更别提唱红歌和跳广场舞的老太太们。但是渐渐地，几年下来，我对它日渐生情。

我慢慢地爱上了某种老式的、未经规划的风味——红砖瓦的老房子，楼下随意种着紫楝、合欢、小叶女贞、玉兰，还有没人修剪已经失去了树篱形状的七里香，而到了初夏，它们会依次开放，每天黄昏我都忍不住四处游逛，享受嗅觉之盛宴。而那些收入并不高的退休工人，会以一种散漫的方式去经营一点小小的生趣：装修新房时被人扔掉的破浴缸，被养了一丛月季；一个漏气的轮胎，也被放在角落填了土养着含笑；车棚的顶上挂下累累绿果子，不像葫芦，也不像黄瓜，我总是故意绕道去观望，看它会结出什么，有一天终于觍着脸问了，小院的主人哈哈大笑："是无花果！"

前几天在火车上邂逅了辛波斯卡，突然就有这种回到老小区的感觉。在辛波斯卡笔下，万事万物皆可入诗，绝非精挑细选的唯美或刺激性主题，她使用的材料都是随手可得的，却不失清鲜，那是私人记忆，但怎么就那么"天涯若比邻"呢？诗人中，我深爱曼德施塔姆的散文，可他的诗，被陌生语种和主题隔着，我无法清晰解码，也不敢妄评，我的理解力根本不能稳定立住，但对着辛波斯卡，完全没有这种忧心，可以放心地做会心状，不怕表错情。我第一次在诗歌这种文体里，如此大面积地生出亲切感。

比如看到紫楝开花，我努力地踮脚，仔细看那簇工笔细描、紫白相间的小花，脚边就是垃圾箱和臭水河，那感觉真是"生活，你很美丽，你如此丰饶多产，这蚱蜢像草一样绿，这浆果成熟得就要爆裂，无人能像你一样制造松果，而后又造出它的复制品"。可是我也很清楚，这美是不据也不可恃的。"我紧拉着生活的叶缘，它是否愿意为我停留，哪怕一次？"生之美，生之凉，唇齿相依。什么是心灵鸡汤？辛波斯卡就是。鸡汤的本意应该是取材生鲜，口感美妙，营养价值高的滋补之物，而我们现在挂在嘴边的廉价励志，正确的

说法应该叫味精水。

有次我在窗前望野眼,看见我的老街坊,且是我小学同学的某男,提着一盆水,洗他的新车,他老婆怀中7个月大的儿子,正在呢哝发声,这让我感到甜丝丝的。就像读到辛波斯卡写自己的家族和妹妹时,我也会笑起来,心里盛开着幸福感,真是太能体会了:"我妹妹不写诗,她像她妈妈——她不写诗,她像她爸爸——他也不写诗,在她家里我很安全,没有东西会触动她丈夫写诗。我妹妹练就了一种得体的白话散文,她全部的作品都在度假的明信片上,当她回来时,她将告诉我们每一样东西,每一样。"我是一个资深文青,每天读写的都是风雅之事,但我的内心,其实亲近没有文学气息、不附会于精美表达的老式平直的婚姻、生活和男人。这个不仅是安全感和美感调配,而是获力途径。

辛波斯卡给我的亲切感,就是关乎一种熟悉的获力方式,我的得力,也是从低到高,从具体到抽象的。所以辛波斯卡很容易触及我,因她不爱说教,没有雄辩滔滔,卸载了说理宣教的重负,而是以细节充沛的生活画面来动态叙事,或是三言两语,直抒胸臆,我一下就被导热了——辛波斯卡8岁时移居克拉科夫,去参加一个反酗酒宣传会,她对数字和图表都无动于衷,却记得警示的红灯,女同学不停在胸口画十字的样子。她本人就是一个吞吐具体场景的人,而我不是一个从抽象到抽象的读者，格言语录我不能直接吸收。辛波斯卡的抽象也是具体，比如谈及写诗的动机，她做出响亮的回答："写作的喜悦，保存的力量，人类之手的复仇。"如此简单清晰，又毫不躲闪。每个写字之人的野心，不就是为了拉住时间之箭，让瞬间凝固成微小的永恒吗？

我昨天去复诊，在候诊病室里，拥堵着人流，这喧哗与骚动之中，生死其实极度逼近，我前面那个姑娘，医生让她去排查癌症，后面那个，喜滋滋地抱着她两岁的小女儿，肚子里刚怀了第二个。两个看起来同龄的姑娘，无论是就诊科室，生活甚至生命，都可能从此走向不同的方向。我突然就想到辛波斯卡写她路遇的那只静悄悄死去的甲虫，"它们的死亡似乎比较肤浅，它们谦卑的灵魂不会出没于我们的梦境，它们保持距离，安分守己，看起来一副没什么大不了的样子，而把重大事件留给了我们，留给我们的生和死。一个重要性被渲染的死"。无论人类怎样把自己的附加值建设得富饶丰盛，他的底座仍然是一个有限生物体。

辛波斯卡那种淡然见深远的风格，有时会让我想起西西。西西写《手表》："那我自己就是一个没上发条的手表，一旦停了就是永远停了。既然如此，一切浮动的是非功过，都不重要，生命本可以很朴素。"——这不动声色的平静陈述，总是比声势夸张、风雷滚滚的浓重表达更打动我。就好像房间

里放着震耳欲聋的摇滚乐,你根本无心去听清歌词,只想找到电源赶紧关掉这噪音,而一首轻声缓语的抒情歌曲,一下就流入心河。

辛波斯卡是一个不喜欢把自己搞成文学明星的人,无论生死都安静低调。"她过着朴素甚至近似苦行的生活,尤其是在她丈夫去世后的晚年。她喜欢抽烟,喜欢鲱鱼和伏特加。她不是一个热衷于在生活上历险的人。她身上并没有多少波希米亚气质。"晚年她干脆隐居在连电话都没有的山区,每天黄昏时在山道上漫步。对她来说,日常生活已经密布奇迹,任何一个闪烁而过的片段都不是平庸的,根本无须去制造明星气质和戏剧化峰值。我读她的诗,那生情的触点是多元的,她本人除了诗人之外,还是个编辑,写了很多年的书评,其中大多数的书籍都是非文学类的,这就对了,我清晰地感觉到这个人的兴趣是散点式的,眼镜猴和甲虫,星星和银河,荷兰和弗拉芒画派,那个注意力半径很大。

而我是多么欣喜于她笔下的日常爱情——同度一生风雨,知道爱情绝不止于一见钟情,而是一次又一次地爱上对方。被磨损和消化,最终纳入彼此肠胃的人,读到《金婚纪念日》时,怎能不被这诗行所打动:"这两人谁被复制了?谁消失了?谁用两种笑容微笑?谁的声音替两个声音发言?谁为两个头点头同意?谁的手势把茶匙举向唇边?"以负数表达来展现思考力,是很顺手的,比如抨击宣泄,诉说爱情的不可得、不可信、不可长久,而诉诸正数表达还能毫无味精味,那是真难。

再说如果某日有契机见到旧情人,那你的心里定会回响起《不期而遇》:"我们的老虎在啜饮牛奶,我们的野狼在打哈欠,而我们的人,相互却不会交谈。"往事如风,恩怨已歇,得失两心知,不必也不会多言,就是这样的,简直是我心里掏出来的话……天,原来人的心这么近啊。

与辛波斯卡同时,我在读托多罗夫写荷兰画派的书,我觉得两本书可以共用一个书名,就是《日常生活颂歌》。

过一个渺小的人生

年初一场大雪之后,我伤心地发现:楼下已经二十岁树龄的成行的香樟树,被悉数砍掉。光秃秃的树干伸向天空,像一个杀戮过的坟场,自此,我不再乐意走那条小路,也不再惯性地抬头仰望:落叶树的表情特别丰富,四季差异很大,它们是时间最好的注脚,然而,都被砍了。养成埋头走路的新习惯之后,我倒是发现了很多杂草野花:通泉草、苦荬、小黄鹌、二月兰、婆婆纳、野豌豆……,甚至,我还发现了几株美美的日本鸢尾。还好,在人类的扩张和砍伐之下,它们顽强地在高楼的方寸之间,默默存活着。

无意中看到一本插花书,日本的,全是偏门的野花杂草,名字我都没有听说过,更别说插花时可借鉴的操作性了(因为花材难找),一开始想着借来翻翻图片就好,全当是读硬

书时的调剂,换换脑子,软性按摩吧,结果非常喜欢。

每天都是一两种花,有牡丹、芍药,也有二月兰和小紫堇,做饭用的红菜苔,出门随手捡的枯竹枝,攀爬在树上的野草莓花,甚至,还有一盘春天的野菜,在被烹饪之前摆了盘,至于花器,有名家的手作、珍藏传家之物,也有洗干净的果酱瓶子、做饭用的量杯、医用培养皿……插花不是那么高大上的事情,不过是用手边的物事和随眼看到的植物,加上几句简洁的情境描述(比如"把可爱的花枝插入篮中,耳边只听见盂兰节阵阵的蝉鸣"),来记录季节和心情,有一种俳句般的清明美感。这种朴素的平常心,对植物毫无差别心的平等相待,让人非常感动。

我喜欢的人,好像也都有一种野花杂草的气质:朴素自守、向内而生,择一事,终一生,充实地活着,被真实的生命穿过身体,发出小小的痛或快乐的声音。独步于思想的幽径,向深处走,一直走。"兰草已成行,山中意味长。坚贞还自抱,何事斗群芳。"看上去,却是低光的,不是那种高谈阔论、慷慨陈词的高光型智力明星。

有次读一本书,一个海洋哺乳动物爱好者,长年漂在海上进行研究、保护虎鲸的记录,每天早晨,她都是在水听器(一种与海底水域相连的扩音器械)里的鲸语中起床工作,儿子五岁时,身为摄影师的丈夫,因为呼吸器故障,在海底拍摄鲸鱼时遇难,她一人带着孩子,继续追踪鲸鱼。没有研究经费,她就做水手,给渔民打零工来挣钱为生,自己动手劈柴、盖房子,以节约生活开支,一直到儿子长大了,接过爸爸的相机,继续为妈妈拍鲸鱼。又有一个科学家,数年在荒芜废弃、被鸟粪染成灰白色的小岛上,忍受着烈日的煎熬和远离尘寰及现代文明的孤寂,与蓝天大海还有海鸟相伴,用几十年的时间,只为研究一种鸟类。

在我们碌碌于尘世奔走、房价涨跌、股市冷热时,有些人却倾尽一生时光,不求闻达,去关注那些地球上被漠视的生命,真好。

我很喜欢冯至的一首诗,写的也是一种杂草:鼠曲草。

《鼠曲草》

我常常想到人的一生,
便不由得要向你祈祷。
你一丛白茸茸的小草,
不曾辜负了一个名称;
但你躲避着一切名称,
过一个渺小的生活,
不辜负高贵和洁白,
默默地成就你的死生。

一切的形容、一切喧嚣，
到你身边，有的就凋落，
有的化成了你的静默。
这是你伟大的骄傲，
却在你的否定里完成。
我向你祈祷，为了人生。

野花杂草的光，是锡兵那种——安徒生童话里的锡兵，是内心有光的普通人，个体在命运的裹挟之下，根本无还手之力，默然承受、保持对光明出口的信心，已经是最大的勇气，燃尽一生，被命运烧成灰烬之后，还能留下一颗小小的、发亮的锡心。那光，是普通人的尊严和璀璨。在他身上，我看到我妈妈，还有我外婆，那个用小脚去菜场拣烂菜叶子，去码头边扛大包也要女儿去读书的文盲老太太。我看见无数朴实暗哑，在大历史的暗处，掩面淹没的小人物。

除了人之外，我也喜欢像野花一样，馨香自来、幽微无言的情谊。金子美玲写过一首《千屈菜》，去年好朋友过生日时，我随礼物一起送给她：

《千屈菜》

长在河岸上的千屈菜，

开着谁也不认识的花。

河水流了很远很远,

一直流到遥远的大海。

在很大、很大的大海里,

有一滴很小、很小的水珠,

还一直想念着,谁也不认识的千屈菜,

它是,从寂寞的千屈菜的花里,滴下的那颗泪珠。

在那本日本插花书里,我第一次看到这种叫千屈菜的野花,纤小的紫色花朵,怯怯地生在细枝上。难怪它流下的是"很小、很小的水珠",因为承载面小。就像我们中国人说"蕹上露,何易晞",蕹的叶面窄,上面的露水才会容易干,用来比喻人生苦短。在这个大大、大大的世界上,小小、小小的你我,却彼此牵念。这滴不足道的水珠,那是生命的甘泉。

逐一点古中国的烟尘

我的青春期，是和西方小说为伴的，它对人格的影响是：开放度，喜欢线性剖析，明示人事肌理。我的性格底色和思考方式，应该是偏西式的。近年来读了一些古诗词，渐渐迷上了那种以场景和意象来暗香缓释的抒情和解事的路径。

我订了一个学习诗词的微信公众号，每天和皮一起，跟着它背诵一首古诗词。今天背到王建的《江馆》："客亭临小市，灯火夜妆明。"中唐时商业较发达，江淮地区常有沿江而建的"市"，照理我该想起沿河的平江路或是挂着红灯笼的东关街，可我却突然记起万县。我就给皮爸打了个电话，我说你记得有一年我们去重庆，路过万县，当时正好是夜间，船停，大家纷纷上岸觅食，巴山蜀水都是高高低低的，爬到高处有个夜市。你还记得吗？

就是这么一句诗,我心中很多美好的记忆都翻飞出来,像栖在暗夜森林深处的鸟,一下子,斜刺着从混沌的意识枝丫里飞来。我想起那个夜晚,小小的江城夜市上,有非常逼真的大理石火腿,纹路和实物肉类真有点像,我还傻乎乎地上去摸了一下。高山临望江水昏黑,而夜市灯火通明,那寂寥中的一点簇拥人气,分外地"夜妆明",可能这个就是我的触情开关。

我连忙把唐诗集找出来,又读到王建的其他几首诗:"雨里鸡鸣一两家,竹溪村路板桥斜。妇姑相唤浴蚕去,闲看中庭栀子花。"这不就是前阵子我去苏南的感觉吗?前两句白描山野风情也罢了,特别是最后两句,一动一静,特别相像——从南京去苏南,其实有个质感的跳跃,苏南人普遍勤快利落,像活泼的水银,农家小院里几乎看不到闲人,都在茶山上忙活或是腌笋,遥遥看见农家竹匾里晒着一片片的绿色物,跑过去看,原来是莴苣片。一层层的匾,放在一个多层竹架上,像蚕户用的那种,但是间距大些。去竹海的路上,不知是政府规划还是当地竹多,家家的院墙都是竹篱,里面都种着芍药啊什么的。就是人无闲时,而院落空静。

去年冬天在读《南朝手帖》,一起兴买了几本帖子来读。我不懂书法,对魏晋更是疏离。但是那些之前没有接触过的南朝短帖,却意外地打动了我。那是一个战乱流离,难通消

 各自爱

息的乱世,王羲之的帖子,几乎都是在问候平安:"比各佳不?""卿佳否?"淡淡地说句:"久悬情。"一字千金,书信难传的烽火中,似乎没有更多的事可说。2月10号那天,我送皮上美术课,出门时飘着雪,过会儿又放晴了,我即时写了日记,"这就是王羲之说的快雪时晴"。而就是一千多年前,他这么一个人,写了"不能执手,此恨何深,足下各自爱"这样深情哀恸的13个字。作为读者,我也无法滔滔不绝地发表感想。那怅然哽在喉头,像花笺上的一滴泪,慢慢洇开,完全不是读西方小说的弥漫性触点。(从写评论的角度来说,给小说写评较易,尤其是现实主义类,有脚手架可踩的踏实,分析时,车线细密些就好。但是古诗词解读,很容易流于附会,大概因为很多人非要把幽暗处照亮,反而破坏了美感,顾随的诗词讲记好,因为他脱稿程度高,几乎是"阐释即创作"了。)

我突然明白,为什么中国古人给孩子念诗,首先是要求念诵、强记,而并不过多讲解。把它做切片分析,拿成分报告出来。因它在某种层面上,就是一个情境、感官的印象,你必须得在合适的触媒下,进行联想轴加工,自然是有所收获。还有一部分,是属于微妙的意会空间,比如"胭脂泪"的凄清,"却下水晶帘"的凉意,那种情绪微波很难言传。我一直在想,让皮每天读一点古诗词,长大了,等她具体经验

丰富了，可以结合消化了，无论她遇到怎样的外来文化冲击，都不会有文化上的民族自卑感。我觉得我的举动，相当于存钱，零存整取。当然这也是对国学基础极差的自己，做一点补益。

素以养绚

去年冬北上,印象深的是"红果"——北方的柿子树印在蓝天上真美,且形状和一派浑圆憨傻相的南方柿子略有不同,多了一点小收腰(所以作品里写吃柿子是"揭开盖子");我们这里的平地木,晶莹粲然的一粒粒红玛瑙挂树上;满街可见的是炒红果,被包在纸袋里叫成雪球;火棘果是市井处处闻的一串串俚语,南天竹配腊梅是冬日小品。

热烈的红色,让人想起某种危险、灼热、易燃易爆的性格。茨维塔耶娃曾自比花楸树:"像红色的流苏,花楸树在燃烧。树叶纷纷下坠,我则来到人间。"而阿赫玛托娃纪念她的诗里则称她为接骨木——这就是一个女诗人对另外一个女诗人的成像。我特地跑去谷歌了下接骨木的图,原来它是忍冬科,浆果成熟不是平稳结果而是爆炸式的,从平静的绿叶中突然爆发出一串串响亮的烈焰。那黑暗中的力量，正像女诗人那蹈险而来的诗行。而她本人则厌恶正常体温般的日常生活，一定要在激情中才有浓郁的存在感。

　　说说自己吧。平日穿的都偏素淡，有天心血来潮买了件枣红高领毛衣，那衣服是第三方店家在京东开卖场的，物流很慢，某日终于到了，我没什么惊艳感，但我妈！你知道，她那个时代的人特别热衷红色，有生以来第一次，我和我妈的审美区域重合了！我妈摸索着那件胸部为扭麻花针，腰部为上下针的毛衣，盛赞其美。为了让她高兴，我就一直穿那件衣服，我妈见一次就会赞叹一次。这么廉价的取悦，何乐而不为？此乃"彩衣娱亲"之当代版。

　　小时候没少为红衣服和我妈吵架、赌气，我特别厌恶高饱和度的颜色，喜欢冲淡调和的色感。觉得我妈那种审美简直是恶俗之极。有次我过生日，舅妈送了半斤红毛线给我，我妈不舍昼夜地帮我织了件毛衣，我不肯穿，那红彤彤的色调，还有那娃娃领泡泡袖的土气款式，我一见就生气！我妈妥协了，把袖子拆掉，让我当背心穿，我也不屈服。其实我妈那时眼底已经开始恶化，根本就不应该对着这么刺激的颜色劳作，她后来发作的眼底出血不知和这件衣服有没有关联，不敢想。

　　我妈那个年代，女性都穿得很灰暗，能翻个红衣领出来

就算是大胆时尚。到了风气开放时,她们都老了,也穿不了花花绿绿。我妈到了很大年纪还穿大摆裙,看琼瑶电视剧流泪,这种与年纪不匹配的浪漫,其实是时代过度封闭的一个反弹。这些又怎是年幼的我所能理解的?那拼命反叛,走到另外一个对立面,只穿黑蓝衣服,看晦涩书,爱老男,讥讽她的幼稚爱情观的我啊,是多么没心没肺——说起当年事,依旧泪如倾。

话说昨天我又订了两件衣服,一橘红一墨绿。本想买一件领口有两条细白线的,最终还是选了全无修饰的一色款。纯色衣服,如果版型好,材质好,才真是气质凸显,打败缤纷细节款。

虽然浅尝艳丽,但其实我的本色还是心仪"素",不仅是色系的选择,更是生活方式,像胡桑写的辛波斯卡:"她过着朴素甚至近似苦行的生活……她不是一个热衷于在生活上历险的人。她身上并没有多少波希米亚气质。她的日常生活平淡无奇。"其实内米洛夫斯基也是。23岁结婚,丈夫上班时就写作,连打字机都没有,就是躺在沙发上摊开笔记本,身边一只猫,一朵郁金香,她大概是哮喘病,不能多放花草。平淡的生活更足以滋养笔底波澜。素以为绚,其实是素以养绚。

还有我喜欢的意大利画家莫兰迪,在创作历程中,他曾经一路走过绚丽斑斓的印象主义,技巧纷繁的立体主义,在缭乱的尝试之后,他归于平静——后期他一直使用调和后的中间灰色:灰绿、灰蓝、灰赭,穿插的淡紫红、灰白,以及微妙的蓝,这些不同色阶的灰色,素颜纷呈,折射出他内心找回自己道路的宁静和笃定:"我从来过的都是一种非常安静而隐退的生活……我唯一希望的东西是获得平和安静,以便工作。"正是这样。

如果你的母语是非洲的孤独

在看马卡姆的《夜航西飞》,她迷住了我。是因为其传奇的经历吗?话说马卡姆确实是个奇女子:1902年,四岁的她随爸爸从英国来到非洲,在肯尼亚的一个农场,她和土著小孩一起长大,赤脚在河谷里奔跑,学习识别角马和羚羊的足迹,夜晚聆听着象群迁徙的声音睡去。十岁的她曾经被一只狮子扑倒,少女时代她收到的最心爱的礼物,是一匹马。她是驯马师,是白人猎手,是第一个飞过大西洋的女飞行员。她曾是丹尼斯·芬奇的女友,此人就是《走出非洲》的男主角。她还有个情人,是乔治五世的儿子。

她迷住我的原因其实是:她根本没兴趣写那些情情爱爱的八卦,小女人话题,人事钻营(想想那些狗仔小报明星秘史还有宫斗剧吧)——作品的组成元素,取决于作者的兴奋灶和内心格局。自然文学里一般没有工业文明产物：汽车、飞机等机器，取而代之的是山、水、树、花、鸟。梭罗的书里尚有几个村里小孩和农人邻居，苇岸的书里好像一个人都没有。他们与天地草木亲，与人烟则疏离。

而在马卡姆写非洲的书里，她写的都是马、狗、飞行、狩猎、男人……没有女人。唯一出现过的女角，是像配菜一样装饰盘边的土著女人。她们以树叶般的柔驯反衬部落男人的英勇。马卡姆的视角、笔法，连同欣赏女性的角度都是非洲式和男性化的。

黑夜中的飞行，是否更接近人类的孤独本质？马卡姆的夜航，迥异于圣埃克苏佩里，那不是黑夜中俯瞰人间灯火的心头一暖，而是引擎的巨大轰鸣声中，除了仪表盘的微弱光线，身下的山峦树林平原，一切的生命迹象都被夜色融化。那是孤独的极致了吧？当所有人都被睡眠庇护，她一人被放逐在天边。一个人就是一个星球。横飞大西洋那次是21小时，穿越了夜与昼，海洋与森林，时间与空间……这是天地鸟兽式的大孤独。和现代小说里冰冷的疏离那种人与人之间的小小隔离带，无论容器和容物，还是容积，都不是一个概念。

她的深情，无论施与受，都是斯巴达式的：她热爱野性难驯的猎犬、纯种马和男人。她在书里谈到了情人，但也是

 各自爱

侠客行,一起走江湖的味道……其中一个是她的飞行教练,把没有一小时飞行经验的她载上天却完全不用耳机指导,说是"感知犯错对你有好处"。一个硬朗的男人对着一个硬朗的女人,没有轻佻的狎玩,没有对宠物式的呵哄,没有软骨绵绵的甜言,而是对对方力量的尊重、期许和礼赞。还有她亲爱的爸爸,宁愿赔钱也要履行合同,破产后丢了农场,把16岁的女儿留在非洲,要她独自谋生。

就像那匹脾气暴烈,一次次把她甩下来的公马,还有粗粝狂躁的猎犬布勒,那是一只面目丑恶的恶犬,可不是什么摇尾邀宠的宠物,它和猎豹厮打恶斗,和野猪决战时被咬掉了半边身子。而马卡姆提到它时,可是含情脉脉的。她深情的对象,都是硬度很大,干爽独立,自我饱满之物。她谈到攻击她的狮子,绝无恨意,却对折磨猎物的人流露出厌恶之情。战斗至死是一种荣誉,她自己也秉承了这种野生动物式的人生观。84岁的时候,身为老妪的马卡姆,还在租房子,驯赛马,和一个入室偷盗的小偷搏斗——年轻时不羁的女性太多,而她,到老都没有转型收山,求安做良家。

这就是非洲语系里的爱及审美,它是与非洲大地同样质地的近乎密语的爱。那里的地标如同虚设,道路很快会被荒草和泥沼淹没,那噬人沼泽的粗暴,那瘴毒遍地的狰狞,还有比这更可怕的,数月都看不到新鲜脸孔,听不到外界消息

的孤独。只有在它腹中成长的人才能读解它的美。而对于不能溶解于它的寄居者,那是可怕的地狱,就像书中那个得了黑水热的欧洲淘金者,临终前仔细咀嚼着一个个名字,那些名字曾经路过他的生命,有些早已将他忘记,而那个濒死的人说:"在人群中你很容易忘掉别人,而在非洲这样偏僻的地方,你甚至会想念你的敌人。"想起海明威在《非洲的青山》里写:"身处非洲,我希望懂得更多,季节在变化,旅途中将不再有雨,我凝视着草木鸟兽,我渴望懂得它们的语言。"而那语言,正是马卡姆的母语。

文字的手艺人

我是个离文字很近的人,每天,我眼见耳闻买进卖出的,都是成吨的大道理。我并不信任大道理的流水线,这个世界上,从来不缺生产和传销道理的人,少的是践行它的人。做人和养生、美容同理,根本就不要那么多连篇累牍的大道理,而只要把基本的做到位,坚持做就行。那些善良的人,往往根本没有思考过自己已经在实行的道理。他们是我真正依赖的手高于心的人。

"说得少,听得多""说得少,做得多""说得少,生活多",这样朴拙的人,是我的世界里的金贵物。

坐而谈道的文章,无须做资料准备,袖手空谈即可,又因其话题通俗,回应率高,看上去一派繁荣热闹,但其实对作者和读者都营养有限。我对自己的要求是:既然才能不足,那就尽量多写实在具体的东西，一本书，一个物什。尽量控制乘着文气而来的过度主观发挥，把文字压实一点。我写文章也特别笨，从搜集材料到信息处理，每个字都是一脸倦容，长途跋涉来到我笔下。

我很爱读关于手艺人的书，可能是因为相通的价值取向。说一尺不如做一寸。手艺人是些用手来思考发声和记忆的人。他们没有什么漂亮的表达，也谈不上深刻的思考，但是常常会激励到我。

比如《东京下町职人生活》里，匠人说起蓼草染蓝："要说染蓝有什么困难，那就是察言观色。蓝的心情不好，就不漂亮。一次染得太多，蓝会疲劳。必须重新建蓝。反正要让它正常发挥，就得那么多时间。因为蓝是活生生的。"看到这样的文字，我会被鼓励，我这种写字的人，也是手工艺人，必须用心操作，用时间表达对程序的敬意。

还有盐野米松的《留住手艺》里那个木匠，他说师傅甚至不许他看书，要他把脑子留白给所做的活计……我读的时候大吃一惊，我自己在写某些文章时，是连比较重的书都不能看的，只能读清淡的草木书来佐食，因为脑子思考面积有限，必须得全力以赴，拿来盛放眼下的论题。那段时间我也不能和聒噪过度、噪音很大的人交际，脑子里塞满了对方的话语碎片，就像没法关掉摇滚乐一样被吵得焦灼。原来手艺人都需要空和静。

老式文青

其实文字和长相、穿衣风格一样,是有时代潮流的。20世纪80年代流行过的港台美文、存在主义,90年代的拉美狂潮,放在现在都不一定能热起来。整体的读者群发生了质变,现在再把那些精雕细琢、极之唯美的美文贴出来,那种静心和郑重,在这个轻时代和快餐碎片阅读背景下,是个笑话。很快,"矫情"之类的砖就要扔过来了。为了显得自己酷、不装,必须得戏谑、搞笑。

很多人都混淆了真正的文青气和矫情,那是大大不同的两件事。

我的至交好友,爱过的两个男人,都是年长我10岁左右,60年代末70年代初的那代人,有次我和某人谈论文青,他说:"现在的那些文青算什么文青,我们那个年代的文青才叫文青。"——人的性格是成型于青春期的，60年代末70年代初那批人，是在八九十年代度过青年时代的，那是一个对文学和艺术倍加尊崇的年代，大家排队去买白皮书，大学里的同学谈恋爱都是谈论弗洛伊德和萨特，征婚启事里也敢理直气壮地写着"热爱文学"，那种对书的挚爱，对作家的敬意，郑重朴素的情怀，是现在再也无法复制的。而这些，才是"文青"的神韵所在。

90年代社会转型，文艺对高于生活的精神价值的追求，被看做一切思考被文本架空的空洞，或用文艺作品置换真实感受的务虚。文青的精神内核被抽掉以后，只剩下小资或小清新的皮囊，最后文青成了这样一些人：女文青疯狂自恋，秀自拍照，男文青以文艺之名勾搭女性。讥讽一个大师时，那口气就好像买了一个水货，在谈用户体验一样随意和轻佻，完全没有敬畏心。任何悲惨的社会事件，三秒钟之内都会被转存为一个快速消费的日抛型笑料。"披着25块钱一件的民族风披肩，摇曳着30块钱一条的民族风长裙，穿着75块钱一双的匡威，不穿袜子走在90年代的石板路上……"这和文艺有半毛钱关系吗？

前阵子看一本书，读到这样的句子："每当我看见小水坑，北岛《雨夜》中的诗句总是适时冒出头来，压都压不住，让人不得不一次次回到80年代末90年代初的那个时间段里。

套用上了岁数的人的口气说一句,那是一个多么好的时代啊。"我简直是有点骇然了!我也喜欢八九十年代,我觉得自己身上的文青气也是那种老式的,过时的旧物。

这里得说说一个老年文青的故事。

他叫老施,是小李介绍给我的,是一个饭店的行政主管,也是小李的客户。他是个"50后"的老先生,算是我的父辈。据小李说,老施雅好文学书法和国画,尤其热爱写作,利用业余时间笔耕不辍,创作了长篇小说,想给我看看,有没有价值。我说这方面我不是权威人士,而且也代表个人口味,不好对别人的能力做判断的。小李说没事,你看下就是,我们做参考。

后来在某个苦寒的冬日,我和老施见了面,他确实有人事工作者的味道,很亲切善谈,我努力寻找话题靠岸,和他谈了汪曾祺和"50后"文学。谈到小说,他认为必须要有故事,我没法向他解释,小说的亮点各有不同,有很多作品其实玩的是细节、小眼、闲笔——他对小说的认知在我看来很破旧。

再看他的小说,我挺无语的,他自认是"比《山楂树之恋》更动人",我没好意思说"山楂树"在纯文学圈是个笑柄。他的故事是一对相爱的男女,被长辈分开,男的在新婚之夜就阳痿了,女的也疯掉,最后破镜重圆——我不知道是

年纪还是意识的问题,他觉得无比动人之处,恰是我认为矫情的。我更喜欢方方的《桃花灿烂》,男孩深爱女孩,但是在懵懂的肉欲勃发的青春期,出于决堤的欲望,和一个能满足他的女人上床了,女孩愤而嫁给他人,直到她自己也体验了性,知道那根本不算什么——这种混合着人性的瑕疵、无力感,带有逐步认知的过程,可以看到人的成长横截面的,才是我理解中的"动人",而不是反人性的"纯洁"。

但撇除创作路径,从情怀而言,老施倒算是个老式文青,他的精神蛮感动我的。一个久经世事的人,那种对文字的虔诚。他不会打字,手写的稿子改了好几遍,花钱找人打印出来,收拾得整整齐齐,一看就很郑重。我翻了半天通讯录,给他找了编辑的电话,推荐过去。他大概是觉出我不甚满意,也没打这个号码。

我一想到这人,就心怀隐隐的亲切,漫过了我们在文学理念上的隔阂,我很感谢他还文学的那点尊严。

书　斋

又回了次樱驼村，翻出一本《闲寂日记》，彼时是1962年，施老先生的日记倒是蛮清寂，就是淘淘书，看看碑帖古书，带带研究生，偶有交际，也是带孙子看桂花什么的。未看出时代大风波，日记里都是到哪里淘书的记录。有段写神倦就"摊饭"了，意即午睡。初以为是方言——绍兴酒里有加饭酒摊饭酒，把熟饭摊开拌了酒曲做酒。但查了下，原来是用典——陆游诗云："浇书满挹浮蛆瓮，摊饭横眠梦蝶床。"自注："东坡先生谓晨饮为浇书，李黄门谓午睡为摊饭。"清黄景仁《午窗偶成》诗："门馆昼闲摊饭起，架头随意检书看。"

我想我喜欢的是，过去的人和书那种朴素又真诚的关系。有次看钟叔河在《小西门集》里说，他那个年代的编辑困于物质条件，寻书编书都很不易。有一篇写岁暮天寒大雪盈尺，他从湖南去北京查找资料。每天一大早，他从小招待所出发，穿过城市去藏书楼，冬日雪后的小胡同里没有行人，楼里也没人，只一个大爷烧水生煤炉，和他用京白打招呼——这种静守书斋，萧瑟又自得的感觉，也是我喜欢的。

诗词专家叶嘉莹口述自传里，溯及她的童年。她是满族大家庭出身，犹承庭训，家教极严，上女中之前几乎没出过大门，更妄论交际，就是在家随旧学底子深厚的伯父念古诗词，作旧诗。伯父是个藏书家，家里到处都是书，她常常踩了个凳子爬到衣柜顶取书，然后躺在自己的厢房里读。窗前唯有枣花，柳树和竹影相伴。这庭院深深、绿竹蔽户的书斋，其中蕴含的中国古诗词意境，奠定了她一生的基调。

那次翻《读书十年》，里面有扬之水的照片，她剪着潦草的短发，衣服也简朴——难怪张中行写扬之水，说她不事修饰，原来不是浮词。但她那么爱书，家里地板都被书压坏了。他们夫妻很有意思，"在王府井看见套《说库》，意欲买下，一看定价36块，还是和志仁商量下吧，晚和他说起，竟爽快答应，我喜出望外""志仁出差，我的伙食立刻下降，还好他出门前为我买了十包蜂蜜花生"。这种物质的简和精神的奢，乐在其中，一点都不造作。

朴素装扮、毫无保留的灿笑，都非常的八十年代，没有时装、彩妆，看破世情的冷面，但有理想主义和热情。对此书的喜欢，确实和气质相通有关，否则可能会觉得流于琐碎。她的好多心思，比如众女皆逛街，她溜回去看书；坐火车，错选了本不好看的书，很懊丧，下车赶紧直奔书店；还有希望老公续弦能找个读书人可以继承她的书。这些想法，是很书呆子迂气的。但是在同类看来，不失为可爱。

我是家居控，看扬之水，对她提及的学者书斋风格很有兴趣：钱锺书家雅洁敞亮，纤尘不染多植物，最显眼是一大一小两张书桌；徐梵澄是一个人独居着三居室，全用来置书，房间中央放一张巨大的书桌，是画画用的。日常生活极简，几乎不举火，只等工友来做饭。有时邻居旅行，把来不及吃的不甚可口的菜送给他，他似乎也不介意；王世襄把明式家具日常随用，老爷子有次拎着菜篮笑呵呵地就来交稿；杜南星家装饰简单，一床一柜一小小书架，简之极朴之极——听着像MUJI；沈昌文家乱糟糟；张中行家是典型老北京味道——再想想他们的字，觉得很有趣。

忍受你必须忍受的，歌唱你必须歌唱的

看《大地上的事情》，这是我第一次读到苇岸的书，而他已经在20世纪的最后一年，因肝癌离世。我很吃惊，我看见了天地初始的朗朗原色，清澈、朴拙。我想起中国古代使用植物染色的年代，因为没有化学染媒和稳定的定色剂，全无饱满悍然的深色、浓色。呃，这就是苇岸文字给我的视觉感。常态下，我非常不喜欢书籍在排版中使用稀疏的行距和偏大的字体，觉得那不是凑印张赚钱就是装帧的粗俗。但是很奇怪，在苇岸的书里，这种字体隐隐契合了他开放的文字气质，有种天地入我胸，不计细节的疏朗和阔达。

初夏的旅程中，我带着这本书，在火车上，从书页上抬眼，看看天边的胖云，"蔼然若夏之静云"，会忍不住想起苇岸。他去边界小城，和俄罗斯隔岸相望的嘉荫，进镇子的第

一件事，就是看云，那些云团，在他眼里，全是千姿百态的小动物，跑到森林的池边小饮。

他的内心世界，滞于现代工业社会甚远，他的书里几乎没有写过人。一切经他的眼睛翻译、过滤，只剩下云团，以自己的悲壮牺牲成全自然界平衡的羊、胡蜂，各式鸟巢，麻雀和喜鹊或跳或迈步，各异的步法，自由的养蜂人。他去东北小城，看着八月的黑龙江缓缓而行，想着它的来路和去路。某年，他惊异地喊出他的人生大发现，有三：黄河水是温暖的，白桦林有体温，野火逆风而行！在生命的最后一年，他对着住处外的田野，做了朴素而直观的节气记录，现代人无法逃离工业化的裹挟，只能局部挽救下对田野的疏离——我一直在想，他的朋友，最初介绍他去读梭罗的那个人——海子，后者的一句话"忍受你必须忍受的，歌唱你必须歌唱的"。这话是多么适用于苇岸。生命的喜悦和凋败，都是无法转头和噤声的。

而我看见他转引谢尔古年科夫的"如果我的早晨使我不太喜欢，或是露水太冷，或是太阳太迟，或是吹来太多的乌云，但一旦想到某处还有另外的早晨，还有好太阳，我就高兴了"。我在精神上，接受了苇岸的转赠，也常常在天气或人事不太让人如意的逆势时，拿这话转掉心情的方向盘。

诗人改写散文，因为受过诗歌的语言训练，文字肌力和

节约空间的能力,都比较好。但是不同于北岛把诗歌的节奏感带进散文,苇岸文字力的诗意,不是那么峻拔起伏,而是一种耕松后带洞孔的平原,透气、平阔、质朴。

自然文学有个典型的特点,就是"现场特征"。比如惠特曼的《典型的日子》,是在清新的旷野中,在丛林和溪流边,用一些散落的便笺纸,拿铅笔随手草草记下的对自然的素描。见到一棵橡树就写《橡树和我》,《鸟和鸟和鸟》则纯粹是鸟的清单,列的全是鸟名,"我"退场到只剩下耳目,看看惠特曼拟的文章名字:《黄昏时来自远处的声音》《只有毛蕊花和大黄蜂》,就能看出这种写作的取材即时性,写作也没有严格的章法和首尾,形式开放性、碎片化,只是靠主题来牵系和串联,而苇岸这本书里收录的一些日记,也呈现这些特点。

他的文字又使人想到梭罗。梭罗笔下的康科德,现在几乎成了自然文学流派的朝觐圣地。有次我看见一个网友拍的旅游照片,在梭罗亲自搭建的小木屋边,有游客为了纪念他,放置了小石子。那是一片秋天的湖,无甚称奇处,纯粹是处文学景观。我想起丘彦明写的《追随梵谷(大陆叫凡·高)的足迹》,荷兰,包括凡·高生前曾经涉足过的法国、比利时,哪怕是最偏僻的荒废矿工小屋,都被标识了景点名字。至于他住过的房间,喝过酒的酒吧,甚至画过食马铃薯人的小屋,描摹群鸦的麦田,都是后人瞻仰的景点,很多被用作盈利的商业用途。而他生前,只是为了几个盾的房租就对弟弟内疚不已。梭罗的落差没有这么大,但是也把康科德炒红了。

其实,每个自然文学流派的作者都是这种写作方式:约翰·缪尔是扎根西部山脉,约翰·巴勒斯是东部群山,玛丽·奥斯汀是沙漠,还有贝斯顿是科德角海滩。也就是说,定点于某处,向外观察自然,向内滋养内心,完成一种简朴贴地又有灵魂感的自我建设。除了定点之外,他们通常热爱旅行,梭罗是喜欢出游的,《河上一周》写多好,亚历山大·威尔逊甚至在一万多公里的山野跋涉之中,写了长达九卷的《美洲鸟类学》。一点一线,在我看来,是这个文学流派的图腾。苇岸的这个点,是昌平。他本身出生在这里,后来这块土地被慢慢地城市化,这让苇岸觉得焦虑。而他的线,当然也绕过了喧嚣都市,国道的大动脉,一直沿着地图上最细的血管逆行:和俄罗斯接界的嘉荫;穿过万顷戈壁才能到达的内蒙古的海拉苏;边远的新疆古城,雪山和沙漠轮番滋养及炙烤的且末。在嘉荫看云,在海拉苏看大漠,无涯的砾石,千万年沉默地待在戈壁滩上,让人瞬间穿越无数直观,"神把这一刻已经放入了永恒"。

凡是自然文学,从梭罗、爱默生、巴勒斯、里奥德,到中国的陈冠学、苇岸,都是两条腿走路:一是以静美的文笔

去描摹自然风物、四季风情，二是在远离人寰的幽寂、独处中，对人生哲理的思考。但前者分量过重，以草木避让世间丑拙，很容易流于避世；后者咀嚼过度，又成了被论道架空的抽象人。而这两者的最佳结合点，是文字的有机感。如同讨厌工业时代，苇岸喜欢的并力图去写的文字，也是富有"有机性"的，而这个东西，在现代派文学崛起之前，比比皆是，有人形容托尔斯泰的一句妙语就是"有机现实的深呼吸"，什么意思呢？有机性即指：文字本身是活的，有体温和呼吸，粗视之，写的是外象，其实，直接打开了内心通道。哪怕是描摹一个瓦罐，一条狗，你都能触到文字的血肉感，不是晦涩抽象的智力走秀，也不是概念化的架构理念。

这本书的扉页，是苇岸的手稿，有种手工作业的味道，一笔一画，清晰坚定，没有连笔和圆熟的转角，每个字不仅是吐露和立足的字义，随身携带的意象，包括它的形态，都交代得清楚无虚。在1988年的日记里，苇岸说："我只用干净的稿纸写字，这样每笔都会认真地去写，如果中断就从头再来，像是重新跃过一条河流。"——我看着稿纸上这些楚楚的字，想起这个样貌清奇，在照片里扶着一头驴子的诗人，在他被恶疾囚禁，已经无法执笔的最后日子里，他口授下的那句话："我早就预感到，我是个不适宜进入21世纪的人。"

家，甜蜜的家

身体不好，回山下的家静养。每天早上，起床，煮粥，泡绿豆，去超市买粗粮馒头、梨汁冰糖，顺便带几枝切花回来，收拾家，是永远不会厌的。山居多野趣，煮饭时，忽听得鸟声四起，在一树碧绿的蝉鸣中，夹杂着清丽的啁啾。不同于易惊的麻雀，一只小喜鹊笃然立在我的晒衣架上，把她的同伴也唤来了。我轻手轻脚推开纱窗，赶紧把这演唱会现场拍下来，给鸟迷皮大人看。

住处有直达宜家的车，我热爱一切和家有关的东西，得闲便去逛逛。试试新款沙发，把柜子抽屉一个个拉开，看店员放在里面展示家居实感的小玩具和睡衣。我流连灯具区，宜家的灯多为温馨的聚光灯，室内氛围十足，一拧开，漫出一角黄昏流丽。

看瑞典画家卡尔·拉松的画时，我时常会想到宜家。拉松的正职是美术教员，兼为国家博物馆画壁画，他用画壁画的钱，买了一所乡村家宅。每生一个孩子，他就加盖一间卧室，村子的人则惊讶于这家人的房子形状为啥老在变。

拉松非常喜欢花，夏日的窗外，向日葵、燕草和芍药是视野里随处可见的外景，而瑞典的冬日漫长灰暗，他们在屋子里也种满了室内植物。卡尔·拉松的桌上常常放着孩子们为他采摘的向日葵、罂粟花，有时，拉松自己会从小树林里砍一棵小枞树，放在柜子顶上——他喜欢枞树的味道。他画的黄色厨房里，我看见很多锃亮的铜壶和铁锅，为这个大家庭主持中馈，应该是繁重的任务。最左边的抽屉里，还装着七里香、墨角兰、三叶草、薄荷、山葡萄，各种调味料。他的家，想来气味很热闹。

拉松一有闲暇就摆弄他的房子，给起居室的老式砖壁炉描花，在椅背上雕上自己的趣怪雕像，在妻子的门楣上画上百合、荷兰石竹和乌头花。他用画笔记录下家里的每个生活场景：摘苹果，挤牛奶，播种裸麦，渡河去捕虾，喂奶牛的女管家，打盹的老狗，白樟树下成丛的紫丁香……一年四季，一个家，一个庄园从年头到年尾发生的所有事，他更爱画自己的家人，滑雪橇的女儿，偷吃瑞典肉丸的儿子，当然最多的还是妻子。女儿回忆："家门上是爸爸画的妈妈，爸爸画她时从来不感到疲倦,他说她有美丽的眼睛。"

拉松自幼在贫民窟长大,屋子是四处破洞的弃屋,蟑螂遍地爬。一个叔叔送了他一些作废的铅笔头,由此他开始作画——童年的阴影在成年后的光源中谋求代偿,他的家庭画都有着明丽的色彩和温煦的光感。暖光映衬着孩子们的金栗色头发和亮亮的眼眸。(女儿长大后到同学家串门,说怎么感觉明亮度总比我自己家低呢?)只有一张画妻子喂奶的照片是阴冷的,当时他们住在租来的渔民房子里,心里显然不快。

每年一到冬天,就想重翻他的画册,特别是偏室内的主题。晚饭后,孩子们一个个被洗刷干净准备上床,壁炉的火旺旺的,天冷,大家看书的看书,女红的女红。孩子们全睡了后,爸爸在灯下给妈妈读书,这是孩子们的催眠曲……就像另一个叫弗拉曼克的画家说:"在恶劣天气肆虐的时候,我在炉火前体会到的幸福是完全动物性的。洞里的老鼠,穴里的兔子,棚里的奶牛,都该像我一样幸福。"虽然家里人口众多,谋生大不易,但家是拉松的活力源。

因为拉松和宜家,我对那个高寒的结霜期漫长的国度,有了与实情不符的温暖感觉。

在中国画家里,作品风格类于卡尔·拉松的家庭题材画的,当然是丰子恺,但丰子恺的笔法应该是得自竹久梦二的启发。丰子恺自己说过他很喜欢的一幅竹久梦二的画,就是

To His Sweet Home，听丰子恺的描述，此画用笔寥寥，就是一条小径，一个行人匆匆前行，抱着包裹通向林子深处的一间茅屋，屋旁有一棵被夜风吹弯的树——闭眼想象一下，苍茫的地平线和狂风扑倒的树木，这样凄厉苦寒的天气，暖暖的家正张开怀抱等着这个一家之主和他带来的补给。（那包裹里是什么？食物还是冬衣？总之是和严寒成质感对比的温暖之物，是人间）……我一直想找这幅画，挂在玄关。

水游城的"你可居"也关张了。过去喜欢去那里，店里充斥着闽南风格的东西，简言之，就是"美而无用"。一个葡萄酒瓶塞，另一端雕了皇冠，一个钩子上是幅水晶微型画，烛台的底部环列珍珠，香薰瓶也缀着假钻。然而并不像洛可可式的铺陈，那么甜腻和啰嗦，让人生厌。而是适可而止的"隐隐的甜"，只是在粗糙的生活里，浮起片刻，想着也可以放慢脚步，享受精美而已。可能是因为它们都是落笔在小处，生活就是这样，大处可以用线条简练的宜家，把收纳和摆放功用完成；小的细处的调味，要靠对有个性的琐物，更为耐心的收集和经营。而且，必须适量，否则，整个家的风格会流于琐碎。

金色孔雀镇纸，不及手掌大，要85块；拇指大的嵌铁花盒子，正好可以装一个戒指，50多块；小小的迷你八音盒，39块。设计师似乎热爱旅行，自然风物、花鸟。很多珠宝盒

各自爱

都是小鸟和热带鱼的造型，又有斯里兰卡花球，印度风的绣花垫子，日式碎花蒲团。穿半腰围裙的男孩子彬彬有礼，我趁他不备才敢瞄一下定价——正因为实用性和装饰性的落差大，虽然它的价格不如隔壁的无印良品，却更有种奢侈闲物的味道。"你可居"来自福建，我想到在厦门满地都是的家居用品店，逛不够。去火车站路上经过一家铁艺店，转角小铁梯摆满了绿色植物，实在来不及下车看，但这么些年一直念念不忘。

我亲爱的西西也爱写家什，《椅子》《家具朋友》《三国里的坐具》，她不收藏，只是玩物，让各处淘来的六把椅子随处放，给它们开演唱会。家当然是给人住活的，你以为只有小意达的花儿才会半夜开派对吗？

各自爱

很多年后,她又见到已为人父的他,听着他在耳边絮絮阐述中年危机,最直觉的反应却是"如果时光倒流,我一定会毫不犹豫地再爱你,不管你有多老多疲沓"——有些爱是冲动或情境使然,而她却是必然要爱上他的,那爱较之情欲、陪伴等,有更核心的动力。而一个人之所以能获得存在的力量感,靠的是行为的因果俨然,就是说"今日的我完全可以认可当日的自己"。

你爱上一个女人,和她发生几年的情感纠葛,这都不是难事。难的是把自己刻进她的灵魂,甚至修改了她的思维和行为格式,使她成为你的作品,带有你的气味和印记,这才是真难。有些关系隶属于情境,一旦过去,不再被环绕它的谈论激活,抽掉语言的组织液,它很快像干燥的头皮屑一样脱落。一段感情脱水之后,它是不朽的干花,还是掸一掸就掉的头皮

屑,慢慢就会知道。而谁能掂量这轻重?当然是时间。唯有时间了解爱,并且,也唯有时间才能证明不爱。

爱的完美境界,当然是执子之手,但出于时空错位、情深缘浅等诸多原因,毕竟是执不到的时候居多。此时只能像《执手帖》所言:"不得执手,此恨何深。足下各自爱,数惠告。临书怅然。"蒋勋说:"'自爱'是传统文学里的词汇,就是大家各自珍重吧。苏东坡晚年给朋友写信也用到这个词'惟晚景宜倍万自爱'。"其实这个意思,我觉得在《古诗十九首》里表达得最好:"思君令人老,岁月忽已晚。弃捐勿复道,努力加餐饭。"但凡深爱一个人又不可朝夕相对,只能各自对着岁月如流,希望你多多保重自己,冷了记得添衣,到点一定要吃饭,此外还能说什么。

人生而孤独,只是不被理解的孤独,好过被胡乱解读的孤独;安静独处的孤独,好过被噪音塞满的孤独;干净一味的孤独,好过杂味乱炖的孤独。所以,最依恋的人,就是有分寸,守距离,懂得爱护彼此孤独的人。一直以来,我都热爱平淡的关系与淡然的人。"平"是指交好时的百般热烈,都不如分手不出恶言,因为那个最高值的甜美,往往不能抵消最低值的伤害,还不如没有峰值的恬淡稳定。"淡"是指控制浓度,不侵入,不黏着,不齁甜。

不多说了,各自爱。

怀抱一颗听雨的心，才可以安贫为道

世人都知道美国的生态文学，比如爱默生、梭罗、约翰·巴勒斯、约翰·缪尔，俄罗斯也有帕乌斯托夫斯基、艾特玛托夫和普里什文。现在陈冠学的《田园之秋》也出了，窃喜，这是中国自己出色的生态文学作品。

这本书不同于潘富俊的古典植物文学辞典，它不是以简素之笔法，结合文学作品，普及植物常识，也不同于丘彦明的《浮生悠悠》那样和现代文明有机结合的耕读生活，它更有泥土气息。陈冠学是实实在在的归隐田园。说实话，刚开始看的时候，我是有点不信任的，他的文字非常求工，大概之前做过《论语新注》《庄子新传》的编辑，而自身阅读书目都偏国学，笔触很工雅，有些是奇崛的生僻字，比如"密菁灭径，深草蔽蹊"，后来一点点读下去，这书整体的朴素和

真实感,还有那字里行间缓释分泌出的孔颜之乐漫过来,压住了我的疑心。

这真是现实生活中的人吗?每天听着鸡鸣,随天色起身,晓读,下田耕作,天气不适合农作的时候就去读书,大石下一只铃虫缓缓地鸣叫,正合他心中读诗的音节。傍晚收拾完作物,坐牛车进城,上集市去卖掉,归途上睡着了,老牛自会轻车熟路地把他带回家,直到家门口的老狗欢快地吠醒他,农闲时去近处马来人聚集地旅行,晚间在灯下帮不识字的乡亲们写信回信,还有他笔下的邮差,40年来一直往大山里送信(太像是电影里的情节)……这在终身房奴,每天呼吸着重度雾霾的我们看来,实在是世外桃源的绿色生活。古代书生的晴耕雨读,原来仍有人躬行。

日记里记到一次夜读,他说:"读书是心灵世界的旅行,也是一种交通,就像人趁脚力尚健得四处走动,不至于困于家门口一样,人也该趁有心力时多去看看伟大心灵的景观。"这正是我近年来力图减压减噪,集中心力读书的缘起。

书中关于各类鸟的记录,可以媲美约翰·巴勒斯。这本书,爱鸟者不可不买。他真是爱美丽缤纷的小鸟,蓝矶鸫和黄鹂鸰;他也爱低微的生灵,比如鸡;还有不美的,如土螨;甚至对老鼠,也没有常人的憎恶和避之不及。所有生物链上的动物都是平等的。他爱动物,也完全遵从自然之道,并不以人的唯我独尊去圈养及把它们宠物化——牛就要耕地，虽然尽量避开日头；猫从不喂食，这样它们才踊跃抓老鼠；鸟也不笼养，让天地养着供人欣赏。麻雀在树顶被猫头鹰吞噬的惨叫，他闻声不忍，但也知道这是天然的生物链秩序。

远离各项现代化配置和设施，这样的生活就没有不便与麻烦？当然是有的，但看陈冠学写老鼠，觉得他并不太介意这些。他听着老鼠在屋顶上走动，闲闲地写着猫和老鼠的文章，接着引领我们读了一段《博物志》里写老鼠的章节，甚是有趣。他的田园生活，是以欣喜恬静为基调的，他数次执笔想记下这至福的生涯，但是正沉浸其间，生命吸饱了这田园的喜悦，反而不知如何落笔。最后几经踌躇，才一一细描出其中的种种。那喜悦似乎唾手可得："雨声之美，无如冬雨。冬雨细，打在屋瓦上几乎听不出声音，汇为檐滴，滴在阶石上，时而一声，饶有韵味。"不过是雨声而已，何处无雨，何处无屋檐，奈何无静心如斯人也。所以，这简静又是奢侈的。而这简与奢，差别只在于心。

他和西西都是牟宗三的学生，不可泛泛比较，但他们文字中确实都有恬淡无争，松弛无欲的洗净味道。不知是否与师从牟有关。

宁静无价

当房价越来越高，城市寸土寸金的时候，身边越来越多的朋友，选择了离开闹市，回归田园生活。比如我有个网友小Y，是自由职业者，给各类时尚杂志撰稿及拍图，她在乡下有个农居。一是因为自己的喜好，二也是想给孩子一个接近自然的童年。她平时常带着孩子四处旅行、采风，收集创作素材，给旅游杂志拍照。常常看她晒自己园子里的植物：大风吹落满地的山楂，快要成熟的南瓜和豆角，树叶里星星闪烁的柿子。看她每天采摘新鲜的果实给孩子做饭，心生艳羡。很多人（包括我），都跟着她学做果酱、茄子拌面、煎鸭腿。在物欲喧嚣的今日，能够远离人际摩擦和利益纷争，过着不用伺候各种脸色的绿色生活，令人心向往之。

中国向来有归隐田园、寄情草木的传统，以此作为修炼心灵的方式。古人与我们已是烟尘久远，就说近代的周瘦鹃，也精于花草种植。他用稿费积蓄买了一个园子——紫罗兰庵，栽满奇花异树，素心腊梅、天竹、白丁香、垂丝海棠、玉桂树……用他自己的话说："我性爱花木，终年为花木颠倒，为花木服务；服务之暇，还要向故纸堆中找寻有关花木的文献，偶有所得，便晨抄暝写。"我曾经买过一本他写的《花语》，文人的工雅笔法，怡情养性，实乃中国园艺文学之发端。

不止中国，国外的作家也有回归田园之心，比如契诃夫。和贵族出身、生来拥有土地的托尔斯泰不同，契诃夫是赎身农奴的后代，一直到父辈才被赎成自由身。他自幼家贫，父亲破产后为躲债逃亡莫斯科，他留在家中，变卖家产寄往父亲处，十七岁就开始写稿养活自己及家人。他生计负担重，很早就罹患肺病，因为家贫四处搬家，一直没有固定住所，直到成名后贷款买下梅里霍沃庄园，契诃夫，这个农奴的后代，才第一次拥有了自己的土地。他欣喜万分地给朋友写信："每天都有意想不到的事情发生，一件比一件有意思。鸟儿飞来，积雪融化，草儿返青。"他每天五点起床，亲自去整地耕种。他托朋友买来各色种子，种下了苹果树、樱桃树、醋栗，还有他心爱的玫瑰花。有趣的是，无论他种下什么品种，开出的都是白玫瑰，别人说"那是因为你的心地纯洁"。

再说个离我们近点的例子吧。台湾女作家丘彦明，她原来是《联合文学》的编辑,后来辞职去荷兰学画,继而隐居田园,过起耕读生涯。她的两本书我都翻破了(当然也可能是因为装订问题,尤其是那本《荷兰牧歌》)。她的草木文字好看,主要是因为:一、她身处欧洲,笔下的很多花草香料都是我闻所未闻,非常好奇;二、她不是买成品切花,而是自种的,从种子购置到萌芽开花,都描述得很细致;三、她受过美术训练,能把整个过程付诸形色;四、她的生活安然却不空虚,是尘嚣之后的隐退,并不是纯主妇式的苍白。那个闲适的"度"恰恰好。

丘彦明雅好园艺,又定居荷兰,荷兰人有自己动手修缮房屋和花园的习惯,家家屋前屋后都有园地。丘彦明喜欢美术,她的花圃也很讲究配色,牡丹、芍药、荷花、薰衣草、郁金香,此起彼伏,依次开谢。有次芍药盛放,她拍照、画画,还未尽兴,干脆把花瓣铺满各房间地面,铺出一条花径,到哪里都能闻到花香。李欧梵赞美她是当代芸娘,她夫君唐效曾经为她用玻璃刀割破莲子助其发芽,为她刻藏书章,真的有那种精神知己的味道。丘低调,说年轻人不要模仿他们这种小资生活,殊不知,对我们来说,太阳尚远,但必须有太阳。美好意境对人是有精神营养的。

《少女布莱达灵修之旅》里写道:"对于人生,有两种不同的态度——建造或耕耘。建造者实现目标可能要花费多年,但终有一天会完工，那时他们会发现自己被困在亲手筑成的围墙里。在收工的同时，生活也失去了意义。选择耕耘者则要经受暴风雨的洗礼，应对季节的变换，几乎从不歇息。然而，和建筑不同，大地生息不止。它需要耕耘者的精心照料，也允许他们的人生充满冒险。耕耘者能认出彼此，因为他们知道，每一株植物的生命历程都包含着整个世界的成长。"丘彦明种地，也是志不在收成，而是从花果菜蔬的生长中学到生命的功课。

丘彦明夫妇有幸可以定居荷兰，但不是每个作家都像他们这么幸运，能购置自己的园地；有些四处游走，客居他乡的作家，就只能用笔端记录下路过眼见的花木了。比如汪曾祺，他少时生长在苏北，后去云南求学，再后来北上在京剧团工作，写过很多关于草木的文字。我很难写他，一写就得摘他的原文。他的文字看起来句句都是白话，却是神来之笔，美在意境和气韵。他的文字说实也实，比如写小时候和姐姐摘梅花，"梅花枝多、好踏，要采旁枝逸出、花开一半的，这样插瓶才有韵致，又开得久"。这是很简单的白描，但那个场景，真美。还有写木香，"记得有两排木香长在老家运河两岸，搭枝成头顶的花棚，再回去问，老家人都说没有"——恍如梦境，简直是桃花源记嘛。

还有叶灵凤。我很喜欢叶的草木文字，虽然很多人觉得

他的文字有点粗糙。有次我无意翻到一本旧书《拈花惹草》，书里选的最多的就是汪曾祺和他。在汪曾祺那种几乎是"温泉水滑洗凝脂"的文字对比下，叶灵凤确实是肤质糙了点。但他就像是毛姆说德莱顿"一条欢快的河流，流过村庄、城镇、山林，带着户外空气令人愉悦的气味"，不失文意的活泼。他写得多而广，在上海时就写江南植物，到香港就写岭南的。一路走来一路看，见识广，文字直接，细微处也不乏幽情，我一直记得他写小时候的寂寥，就是在一个夏日，看着一株茑萝爬藤。还有他写木棉："花开在树上时花瓣向上，花瓣比花托重，因此从树上落下，在空中保持原状，六出的花瓣成了螺旋桨，一路旋转掉下。"树下观花落的那个人，必有颗闲寂的心。

还有周氏兄弟。我是"70后"，成长期网络尚未兴起，甚至出版业都不太兴盛，依稀记得，我能读到港台文学、欧美文学，都是九十年代以后的事。我们那代人，以国民教育课本为主要读物。大多数人的记忆里，应该都滞留着这样硬性强制背诵的段落吧："我家的后面有一个很大的园，相传叫作百草园……不必说碧绿的菜畦，光滑的石井栏，高大的皂荚树，紫红的桑葚；也不必说鸣蝉在树叶里长吟，肥胖的黄蜂伏在菜花上，轻捷的叫天子忽然从草间直窜向云霄里去了……"有一年我去绍兴，特别仔细地看了百草园旧址，那大树倒是在的，依稀也能看到什么菜畦之类，只是因为季节缘故还没结出毛豆啥的。

周氏兄弟都爱植物，我倒觉得周作人在《鲁迅的故家》《知堂回想录》里写的草木文字更为朴实有味。还有周建人，他是家中最小的儿子，两个哥哥都远渡东洋求学，留下他侍奉老母。他不甘荒废，想自学成才。鲁迅认为其他专业都需要实验器材，只有植物学，漫山遍野都是花草，硬件要求较低，于是寄了几本参考书给他。他就自己背了标本箱，上山研究去了，居然还真成了生物学家。

邓云乡也爱花，但他爱的花都比较家常。他的文章胖乎乎，但又不同于丰子恺的胖。丰子恺是一个白胖妇人，一个意思可以兜兜转转走很远，邓云乡的实用信息要密集很多，是个大骨架男人。他算是红学专家，在写植物时也常常考据溯源。他是河北人，长在北京。和周瘦鹃不一样，他的文字比较阔朗，也不栽花种树，笔下常见的不过是些平常的华北树木，幼年山乡里的杏树，胡同里的槐荫，顶多看见小盆栽比较漂亮时会顺手买两盆，或是过年过节插点梅枝之类。老舍爱植物，而且会养，这是我看汪曾祺提起的，说老舍的爸爸是花匠，老舍自幼承袭父辈的爱好，很会侍弄菊花。中华人民共和国成立后，老舍当了文联主席，也会喊同事们去看花。

再说说国外的作家吧。黑塞有几本令人很难忘的书，荡

漾其中的，是绿色的静意。之前读《堤契诺之歌》，对其中的景语颇难忘。诧异黑塞可以用那么多的笔墨，去描摹一朵云的胖瘦变化，一棵树的春萌秋凋。后来又读《园圃之乐》，倒是读出了绿色诗情之后的背景色，也就是疲劳感。德国发动的世界大战，人文灾难，还有黑塞的反战立场，让他失去了苦心经营的家园、农庄、国籍、亲人和文学前途。他一个人蜗居在异乡的陋室里，漫漫冬夜，离群索居，备尝人间冷暖。形单影只，孤身坐在火炉边，他用旧园里带出来的一把小刀削木头，然后投进火炉，看着炽热的红火中，自我、雄心、昔日的荣华，一寸寸烧成灰。有一天，他丢了这把小刀，感慨纷纭之后，又自嘲"看来我的处世恬淡，还是根基肤浅啊"。带着这个背景，看他的田园日记，才明了那种大难之后，对微物琐屑的自珍。这就是光影效果，真正疲倦的人，才知道休憩的好。他们的爱向下扎根，归隐田园，那里没有政治风云，没有人事对流，没有难伺候的读者，没有挑剔的编辑，没有浮夸势利的官宦。

又如恰佩克。他写过一部很有名的园丁日记，说园丁可不是闻闻玫瑰的香味而已，他是要历经四季的艰辛，从春天的积肥、收集尿肥、鸟粪、烂叶子、蟹壳、贝壳灰、死猫开始，到夏天不能出游，守着植物浇水，一直到冬天，万物凋零。园丁最大的享受就是在暖炉边看植物商品目录。他有一个园丁的灵魂，无论是在戏院喝下午茶，还是在牙科诊所，都能嗅到同类气味，找到同道。两个衣冠楚楚的绅士，从今天天气哈哈哈，慢慢聊到人工堆肥和害虫。

英美有个文学流派叫自然文学，里面的作家都是热爱大自然的。比如梭罗，有次无意读到他写的《野果》，这本书让我很吃惊。《瓦尔登湖》里那个侃侃而谈人生哲理，不断对现代工业社会及人际发出鄙夷之词的梭罗，杳无踪影，取而代之的，是一个在帽子上安了储物架，用一本琴谱收集标本，执一根手杖丈量土地，能够识别矮脚蓝莓和黑莓，品出野苹果酒和家苹果酒，对植物的地理分布洞悉于心的田野观察者。

最近读苇岸的书，他说梭罗的意义不只是自然文学，更是"人的完整性"。他不仅热衷自然，像爱默生说的，哪怕他昏睡几日之后，也可以根据花开的程度来确定时间，而不会有很大误差，不不，梭罗的意义比这个大。他不是隐逸山野，独善其身，而是开荒、植树、做木工、盖房子，甚至做铅笔，不让自己沦为某个功能性的工业社会螺丝钉，或一个用来产粮的农人之类。他还投身于废奴运动，抗税。他是与人类命运休戚与共的。

又如惠特曼，他在战争中，因为长期劳累，于1873年得了半身不遂，终身未愈。这病中的二十年，他一直与树木、鸟儿及大自然为伴。如果说《草叶集》里我们看到的是一个

诗情四射的惠特曼,那么在《典型的日子》里,则是一个安静与自然为伍,用纸页满载太阳光辉、鸟儿欢唱和青叶芬芳的惠特曼。有的篇章,就是写一棵树,比如《一棵树的功课》《橡树和我》,还有的就是写鸟。他的文章名字很有趣,有一篇叫《鸟和鸟和鸟》,另外一篇是《毛蕊花和毛蕊花》,就是白描动植物。《鸟和鸟和鸟》里罗列了他目之所见的鸟的名单,《一棵树的功课》里列举了树的名目。他写午夜十二点钟,接到朋友的电话,告诉他将有迁徙的鸟群飞过,他推开窗,在夜晚的香气、阴翳和寂静之中,辨析着各类鸟群的细微区别。巨翅扬起的沙沙声,凤头麦鸡的啼叫。虽然只是淡然白描,横铺景物,但是读来静气顿生。

还有一些作家,其实是兼跨自然科学和文学两个领域,比如农学家出身的潘富俊。我最早看的草木书,就是他的《诗经植物图鉴》,由此对这类文字入了迷。潘是农艺学博士出身,有学术底子,又精研古典文学。他用的是简笔,勾勒出这类植物的形色特征,结合文学作品做出点评。按他自己的说法就是"文学和自然科学本是两个不同的领域,但古人多识鸟兽草木之名,文学作品中也常藉草木特性来讥讽时事或赋志抒情,所以两个领域就有了交集,这也是作者以'植物观点注解文学'的初衷"。潘的文字简素,但素净有神,迥异于一般科普类的植物辞典。

另外还有一种对植物的热爱，属于"手边的乐趣"。买过一本日本人林将之写的《叶问》，是按照叶子的外形，来识别树木，文字清新有致，手绘插画也很可爱。书的篇首就说："若是知道身边树木的名字，散步或上下班会变得快乐无比。"我大概是心仪某种"附近"的气质，在离日常生活不远处，寻找一处心灵闲地，却又不是隐居深山的大隐。还有永井荷风，他在《晴日木屐》里，也常常会写散步途中偶遇的树木和花草："市内散步，比起热闹的大街和景点，更喜欢日阴薄暗的小巷和闲地。闲地是杂草的花园：'蚊帐钩草'的穗子如绸缎般细巧；'赤豆饭草'薄红的花朵很温暖；'车前草'的花瓣清爽苍白；'繁缕'比沙子更细白。比起所见树木，我对路过的闲地上所开草花，更加感到一种情味。"

女性天生亲近草木，爱花的女作家可谓不胜枚举。比如梅·萨藤，在激情洋溢的情感生活之后，到了晚年，她独居海边，远离喧嚣纷纭的人事和情事，将感情散逸于山水花木。在那里她写了《海边小屋》，这本书我很喜欢，但梅·萨藤吸引我的既不是思辨也不是写景，而是这些按比例混合而成的一种生活方式。她写的不仅是日子的素描，更是某种经验的梳理，从强烈的感情生活归于清隐，爱意缓缓滴入花朵、园艺、动物……这种质地的日子让人欣羡。

她爱花，种了很多花，她精心料理她的花圃，每天采摘

一些鲜花插在屋子的角落里。绣线菊、粉红罂粟、日本蝴蝶花、牡丹、毛地黄,这些花草出没在她的日记里。她尤其喜爱蓝色的花,在《海边小屋》中她写道:"为什么偏偏是蓝色?蓝色的花儿,阿尔卑斯山下的龙胆花,夏季园圃里的飞燕草、勿忘我、千日红——似乎最为瑰丽。我也被蓝眼睛吸引。还有天蓝,安吉利科画中美妙的淡蓝,皑皑白雪反射的隐隐青蓝及蓝鸟。这些都是我开车穿过堤坝看见那只蓝鸟的羽毛想起的。经过阴霾的几天,海水的蓝让我喜悦。"

美国有个女作家叫西莉亚,她是一个灯塔守望者的女儿,6岁就登上离陆地十多千米的孤岛生活。那个岛上没有商店和树林,只有灌木丛与野花。她住在一个石屋里,然后开始种植自己的花园,在蛮荒的海岛上,每株小草都非常珍贵。她曾经痴迷地趴在地上看着金盏花开,又用船引进花种,拿半个鸡蛋壳培育花苗。她是个天生的园艺家,在她不大的花园里,曾经有一百五十多种花草。她的一生跌宕起伏,嫁了个有慢性病的丈夫,丈夫拒绝回海岛,她就自己带着智障儿子回到岛上生活。每年夏天,西莉亚会召开海岛文化沙龙,把波士顿的文化名人邀请到海岛上来,客厅里布满她种的鲜花。天花板上悬空挂个大海螺,里面绽放着金莲花和紫罗兰。

除了草木题材,还有一些作家是热爱菜蔬的。蔡澜的书里,我最喜欢的就是他的《食材字典》,他提到很多南洋风物。而台湾作家刘克襄的趣味点却是在"菜市场"这个轴上。记得汪曾祺说过，他不爱逛商店，爱逛菜场，看看那些碧绿生青、新鲜水灵的瓜菜，令人感到生之喜悦。在刘克襄笔下，菜市场绝不仅是一个藏污纳垢，为获取生存食物而满含无奈的去处，它的一蔬一果，都是风土人情。《男人的菜市场》书里写了八个菜场，从台北到台中，到澎湖，风味还真不一样。即使都是在一个地区，第二和第五菜场风格也不同，位于非闹市区的第五菜市场，还保有传统菜场的机能，果蔬缤纷，招牌杂陈，秩序凌乱，有种活泼的市井况味和城乡链接感，兼具农业社会的余味缭绕……很有意思，我在全国各地都是逛书店，菜市场只去过桂林广西师大旁边的一家，在那里认识了黄皮果，很惊喜，讶异于南方的菜场果品如此丰富。还有我的朋友心岱常常提到的曹家巷菜场，亦为我所向往。

白色俄罗斯

鼓　点

作为一个天蝎座，最难的是开始，一旦开了头，有序整饬地挺进，那真是鼓声在侧的激昂。我们最怕流沙，即兴，没有形状和首尾完整。

我写读书笔记，当然不是为了成为作家，而是天蝎式的寻根问底的癖性。一本书，如果没有煮熟炖烂，用我自己的格式转存，点滴营养入心，那等于没读过。我本来想写一篇文章，谈谈我为什么喜欢苏俄文学，后来发现一篇的容量不够，这一把话摊开，20多篇都下来了。这个冬天其实忙乱，年底的工作密集烦冗，觍着脸催各路稿费的感觉和民工讨薪差不多。在家写稿，我爸耳背，电视剧和人声的喧哗让人心焦，陪皮上课，我坐在门外的瓷砖台阶写，前方是电玩区的巨响，我一开始老分不清一个怪声，后来辨出是"十分！"

楼里有个卖滑轮的"铁骑部落",不停地有练习滑轮的孩子在我面前穿梭而过。没有电脑,就用手机的记事本写,一段就存作一条,回家以后重新粘贴整理。

而在这个梳理的过程中,我理清了很多之前模糊的意识——写笔记尤其是人物评论是一件迷人的事:长年阅读一个人的作品,一块块拼出他的性格拼图,琢磨他的思维曲线,强迫他高像素现身,把他从"无"抓到"有"里来,用文字固定住,这个成型,作为我,是喜悦的……如果说多年反复评论一个人,那他会因被你的生命吞吐而生出年轮。

个人的习惯是一到冬天,就想窝在被子里看旧俄文学。那些厚拙的诗情,深邃叩问的灵魂感,正与白雪、冰凌、呵气成霜相配。就像"七月食瓜,八月断壶",这就是读书的季候感。在这个先暖后寒,终于落雪的冬天,与这些文字相伴,我是幸福的。

茨维塔耶娃：无手之抚，无唇之吻

总的来说，我偏爱理性健全、低温冷感、优雅缜密、非艺术性格的类型，茨维塔耶娃对我来说太灼热和颠簸了。看她的回忆录，简直会被灼伤，甚至一到别人转引她的时候，文字都会立即升温。茨维塔耶娃又特别喜欢破折号，每次都读得情绪起伏，激烈暗藏，好像一个言辞激动到喘息不止的人——通常，只用句号和逗号的人，直白确定，让人觉得放心。省略号太多感觉气势不足，丢下含糊的词义就跑了。全是长句读得累，全是短句信息碎。张爱玲是把长句用逗号刹碎了，读得不吃力，信息又能落脚。

也许，正如她自己所说，她的体内有两个人，一个传统的俄罗斯妇女和一个浪漫的波兰贵妇人。她憎恶日常生活，可也正是她，恪守妇职，带大孩子，并无逃避。她和阿赫玛

托娃坐在一起,就是静物画边上的一个演员,一个安静凝神,一个容器很浅,处处会把自己泼出去,有点表演人格。

她长得五官粗硬,烟不离手。和一般女性不同,她喜欢丘陵,讨厌泥沼;喜欢野葡萄灌木丛,讨厌切花和花盆里开放的一切。阿赫玛托娃纪念她的诗里则称她为接骨木——忍冬科,浆果成熟是爆炸式的。再想想茨维塔耶娃,她诗歌的张力,韵脚的爆炸性,移行的攻击性,那黑暗中的力量,正像女诗人那蹈险而来的诗行。这就是一个女诗人对另外一个女诗人的成像和敬意。

她喜欢攀登山脉,然而对无论徒步还是泅水都不能战胜的大海则无法欣赏。她有一句关于大海的甚为有名的话:"我不爱大海,我无法爱,那么大的地方,却不能行走。"她的爱情诗也像是战鼓,"我要从所有的时代,从所有的黑夜那里,从所有的金色旗帜下,从所有的宝剑下夺回你。我要从所有人那里夺回你,我要决一雌雄把你带走。你要屏住呼吸"——多么彪悍的英气,勇敢的宣言!然而茨维塔耶娃真的配置了一个刚猛粗糙钝感力强大的内核吗?其实她胆小到连过马路都害怕。

甚至她的感情途径,都有某种男性化的生硬而涩滞的热情——她非常穷,别人接济她,给她女儿买了童车,她不能当面表达谢意。可是有次一个小偷溜进屋里偷东西,她没戴眼镜,把他当成一个朋友了,拿自己仅有的胡萝卜茶来招待他。

她嫁了个白军，跟随他流亡国外，还写了很多歌咏白军的诗歌，那种激情四溢的东西，贴合她内心的频率。其实她并不懂政治，只是把它臆解成一种浪漫情调，我怀疑她对一切的爱都是类似质地。她接杂志社的稿子，只因为听说对方的编辑部地址曾经住过莫扎特。非常任性，意气行事。"我……总是从爱（即对各种声望的爱）开始并且以了解而告终。"

她天性易激动，激情启动成本太低，总是用想象力夸大和美化对方，继而幻灭。这差不多是她与所有同时代人的交往模式。（这种热烈夸张的想象力，在她的散文里也满溢着。她谈音乐，写每个音符，都泗开了信息爆炸式的行文，和她比，纳博科夫和于斯曼都弱爆了！）阿赫玛托娃自然是一生眼瞎，专遇烂人，以至于被楚科夫斯基指为"她专爱上抛弃她的男人，在这个领域无人可敌"。但茨维塔耶娃的路径又不一样，她把很多东西称为自己的朋友，幻想破灭了，就分手，她的爱一向是"以永别，以决裂，而不是以结合相爱"。

她只爱能被表述的东西，而不是具象的，有形状之物。包括她的爱情，比如和帕斯捷尔纳克16年的通信，却只匆匆见过一面。承载爱情的始终是抽象的语言，而不是具象的生活；是高悬的美术，而不是日常使用的器皿。她给里尔克写信说，"我不活在自己的唇上，吻了我的人将失去我""爱情只活在语言中"，她追求的是"无手之抚，无唇之吻"。她

怎么谈恋爱呢？说实话我也很费解，她太穷了，生活极度清贫，衣服是借来的，数月都不能洗澡。

我很喜欢她的一首诗，叫《桌子》。"三十年在一起，比爱情更清澈。我熟悉你的每一道纹理，你了解我的诗行"，这桌子是她（或许是）唯一的始终不渝的恋人。她的骄傲和被宠溺都在诗句里，而她也深知自己的文字魅力："有些人是石头做的，有些人是泥做的，而无人像我这样闪耀！"——这话要放在一个庸常之人身上，那狂劲会让人生厌，但是茨维塔耶娃用来，简直有点悲壮，因为她也知道"人们爱我的诗歌，争相传颂，可是他们对我本人的爱，却那么少，那么无精打采"。

吉皮乌斯写别雷，说他是被天才的箭射中了，帕斯捷尔纳克说勃洛克"他一开口，就像两扇大门打开，市声涌入，这个城市就通过他的嘴在介绍自己"，而茨维塔耶娃自己说，"创造的状态是什么？谁栖居在你身上？你的手不是你的，而是他的执行者，他是谁？他是想通过你造成的"。在茨维塔耶娃的命运和才能中，充满了这种"被执"的味道。或许，某一种类型的才子才女，就像麝香和猫屎咖啡，是一种通道和载体，所以人们对她的精神分泌物爱得发狂，却对她的本体爱得零星稀落。

她一生孤独，无论是在感情还是文学坐标上，她从未加入过任何诗歌流派，在欧洲被侨民文艺圈排斥，回国更是白军家属兼异类分子，完全跟不上革命的铿锵音节。

1939年，茨维塔耶娃回国，此时她还在给友人写信，说自己马上要回到乡村，难道她以为将要过上田园牧歌的生活？归国后在苏维埃政权之下，她这个白军家属自然流离失所，她向法捷耶夫求告，回答却是一平方米也没有。她寄居的地方连门都没有，挂着布帘。之后是女儿被抓到劳改营，丈夫被枪毙，好心人冒雪来通知她逃走。她深爱儿子穆尔，但是已近精神崩溃的茨维塔耶娃，与儿子的关系日益剑拔弩张。她终于明白，她是个歌咏过白军的反革命分子，她的存在其实是加大了儿子的风险系数。

她对利季娅说："我只剩两百块钱，如果我能卖掉我的毛线就好了，我什么也不会做，过去我还会写诗，现在也不会了。"又一只被残酷的"大清洗"毒哑的夜莺。她的绝笔是："文学基金委员会理事会：请分配我到文学基金会即将开办的食堂当刷餐具女工。玛·伊·茨维塔耶娃1941年8月26日。"这请求没有获得批准，她在五天后上吊身亡——茨维塔耶娃在文字和非文字层面上，是两个人，她一直用文字层面的那个自己抵御和托起非文字层面那个。最后，她无处可躲，只好躲进了死亡。"她把头伸进绳索，就像埋到了枕头里"，她说："我不想死，我想消失。"

母与女

每个俄国作家身边都有一个女强人：托尔斯泰、陀思妥耶夫斯基和曼德施塔姆有老婆，契诃夫有老妹，阿赫玛托娃有在"大清洗"中，用密码帮她备存诗歌的好闺蜜利季娅。呢，连高尔基还有个如铁红颜别尔别诺娃呢。而茨维塔耶娃呢，除了数本诗集之外，她还有个活体诗作：女儿阿莉娅。"在严酷的未来，你要记住我们的往昔：我——是你的第一个诗人，你——是我最好的诗。"这是茨维塔耶娃为年幼的女儿阿莉娅写的诗句。

茨维塔耶娃这个女儿阿莉娅，写了一本回忆母亲的书《缅怀茨维塔耶娃》。书里收录了很多她8岁时的信件，收信者是她教母——诗人沃罗申的妈，还有阿赫玛托娃阿姨！这个孩子不是洛丽塔式的性早熟，而是另外一种：智性的成人化，近乎巫气。

有时，长期和一个气味浓烈的人共处，会被她浸染和覆盖，最典型的例子就是杜拉斯晚年的情人扬·安德烈。扬·安德烈的书里有浓重的杜拉斯腔，就像是被杜拉斯附了魂似的。那种半醉似的梦呓，双视角混合叙事，烂面条似的混沌意识流——如我们所知，有的人长于吸纳，有的人热衷独创，如果一个定势弱的人，接近一个个人风格强劲的人，那么他就有可能被渗透，就像茶叶要是和花混装，就一定会沦为花茶一样，因为吸味敏感的缘故。比如托尔斯塔娅的回忆录，里面柔美的工笔景语和绿色田园抒情调子，就很像她老爹托尔斯泰的一些段落，还有胡兰成的张腔，就更不用说。

但同样的显性早慧，阿莉娅和茨维塔耶娃的气味，还不太一样。茨维塔耶娃是一阵阵像电流一样刚烈强劲的冲击力，典型的莫斯科风格；而阿莉娅，则是一种用版画笔法写意，快笔抓取人物神采的速写能力。

《缅怀茨维塔耶娃》，我最早是在《寒冰的篝火》这个合集里读到的节选，印象很深，不是内容，而是它的笔法，像单向用刀的版画刻法，而不是在几百页的书里通常使用的那种迂回承让、脂肪丰富的写法。请看这样的行文："她为人慷慨，乐于帮助他人，最后的急需物品，也能和人分享，她没有多余的东西。从不软弱无力，但终生孤独无助，对物品最

看重的是它的结实耐用,不喜欢易碎的容易损坏的东西,她爱大自然:山峦、悬崖、森林,爱野生的花儿而不是瓶插的花儿。"但你别说,我对茨维塔耶娃的印象得成,靠的就是这个笔笔不虚的轮廓勾画——顺便说句,阿莉娅自幼绘画天赋出众,我很喜欢她那些即兴小速写,很传神。她的后半生也是以教授美术课为生的。

我当时非常好奇,这样一种判断句叠加的写法,怎么跋涉完一本书的长度。结果我看到全书之后,发现她后面改笔法了,变成了正常厚薄的叙事。但其中最出神采的部分,仍然是判断句。哈哈哈。她每次歪起脑袋下断语的时候,最可爱。

阿莉娅在回忆母亲的文章里说,"她每天都认真地写信和回信",我最初理解为茨维塔耶娃非常热衷且认真对待一切文字工作,后来明白信件正是一种纸质的"无手之抚,无唇之吻"。距离之外,以梦为马的奔驰在想象中的爱,茨维塔耶娃最醉心的那种,而她"不喜欢现实中的相遇,像头撞头"。

爱情层面中没啥好说的,女诗人以文字为精神羊水天经地义。我想说的是,茨维塔耶娃的母亲和作为母亲的茨维塔耶娃。

茨维塔耶娃的女儿阿莉娅,在5岁时给前来拜访的爱伦堡开门,看着他,嘴里念着"多么奇异的宁静,怀中抱着苍白的百合花,而你正在漫无目的地瞧着……"把可怜的爱伦堡叔叔硬是给惊吓到了。7岁时，又有某阿姨到她家，只听这个眉目清秀的小姑娘对妈妈说："那黄昏像大海一样。"注意，这不是诗歌朗诵会，而都是在平淡的日常语境中，这孩童的诗化的表达，实在太突兀了，难怪爱伦堡用的形容词是"毛骨悚然"。

与这极高的精神发育水平相对的，是另一个小女儿伊莲娜。两岁时还不会走路，常常被绑在椅子上，一个人被丢在家里，以至于从椅子上摔落，跌得脑门青一块紫一块，因为妈妈带姐姐去参加诗会了。这个可怜的孩子最后是饿死在福利院的。

这些都让我感到深深的悲伤。茨维塔耶娃是为诗而生的，别说是对孩子，她对自己也是马虎甚至邋遢。她天生厌恶日常生活，蔑视物质，不喜欢做家务、收拾房间，盘子用过也不洗，生儿子时，医生在她房间里环顾四周，居然找不到一样干净的东西，不管是毛巾还是肥皂——并且，她这代诗人，都是生长在教养良好，中等人家都请得起保姆和家教的环境下，而等她们身为人母时，却撞上了内战、世界大战，别说保姆环绕，就是基本的生存都成难题。这个时代的转折把她的生活低能映衬得更明显。

生活能力低下倒也罢了，我觉得最大的问题是她没有成熟的母性。我回想起房东对茨维塔耶娃和儿子吵架场景的回忆，那纠缠怨怼的味道不像是母子，更像是男女。在儿子出生之前，茨维塔耶娃的幻想是和他住在一个岛上。他不认识任何人，这样她可以完全占有他。她带他回苏联之前，感到难过，因为在苏联，孩子会有集体环境，儿童社团组织和班级，不再归她一个人所有。对女儿也一样，有次因为女儿喊了姑姑而不理她，茨维塔耶娃就感到"被侮辱了"。她对自己爱的男人，也并不想与之在生活中结合，只是想有他的孩子，"这样可以彻底拥有他"。

一个缺失正常童年的人就像提前经霜打的苹果，一半已腐一半老不熟。简言之，她不知怎么扮演成年角色。这里得说茨维塔耶娃的妈了，她是个"填房"，她丈夫心里念着前妻，而她又惦着初恋。婚姻的不幸她用书本和音乐弥补，临终前，这个差点就做了钢琴家的妈妈的遗言是："我只为音乐和太阳感到惋惜。"女神范疏离冷感的娘亲造成的缺爱女作家实在太多：张爱玲也是，她估计也知道自己母性缺失，干脆就不做妈……而她们成年后，都有着对爱情巨大的不安全感，终生索爱，内心无法成人化的共性。

她是个精神化的女人。作为她的儿女精神乳汁过多，而生活上完全乏于照顾，她给阿莉娅写过很多日记，却不喜欢带她。五岁吟诗的阿莉娅不是因为天才，而是母亲根本把她当成了成年人，与她一起分享自己的诗生活。在同一张粗木桌上，茨维塔耶娃刷衣服、补裙子，但到了工作时间，她就推开杂物，心无旁骛地开始写诗，日常生活的潮水退却，她活在音韵和字句的诗情岛屿上。她写着写着就把头从写字台边上扭过去，对身边的阿莉娅发出咨询意见："你说，剧本最后的一个词，该是什么呢？""最后一个词，当然应该是——爱！"这个提供意见的第一读者，只有7岁。她们不太像母女，倒是有点像互相照顾体恤、共享精神生活的闺蜜。阿莉娅也不称呼茨维塔耶娃"妈妈"，而是直呼"玛丽娜"。

很小的时候，茨维塔耶娃就给阿莉娅分配了相当一部分的家务，以保证她自己的工作时间。对一个孩子来说，她居然不以为苦，还欣慰可以分担母亲的家庭责任。这是个早熟而体贴的孩子。终其一生，在她的笔下，虽然也提到母亲的暴烈，有时因为心情不好对家庭成员呵斥动怒，阿莉娅也曾经负气离家出走。但总的来说，她非常乖巧。爸妈穷得只能离开柏林，住到山谷环绕的捷克乡下，她就默默地拎着草篮子跟在后面，篮子里装着一家人的旧鞋。去深山里采菌子节省伙食费，怕山路磨鞋，脱下来藏在山洞里，结果被洪水冲走。她只有两件衣服，一洗一换，被勾破了，就得等妈妈补好才有的穿。但全家在爸爸回家的周末，就依偎在白铁皮的台灯下，读法国文学，爸爸读，精通法语的妈妈纠正，女儿慢慢学会了法语。这是患难生涯中非常温馨的场景。

在物质匮乏的少年时代,她10岁时跟着妈妈去德国找爸爸,25岁回国,却因为海外生涯被捕,历经15年莫名的牢狱生涯。在这15年里,初恋情人远离她,爸爸被枪毙,妈妈上吊,弟弟在战场上阵亡。和妈妈精神上莫逆之交的帕斯捷尔纳克叔叔,给她寄了点钱,她用这个钱,在河边搭了个小木屋,种了树,围了篱笆。从某个角度来说,她似乎生来就只为成为苦难年代的喉舌,但是,和她妈妈潮涌电击般的激情相比,她冷静有型得多。接到妈妈自杀的消息,她的回信也没有极度错乱。她很美,五官轮廓像妈妈,却没有妈妈的粗糙和男人形貌,而是一种鲜明的灵魂深度,尤其是那双清澈的眼睛,甚至在回忆录里摄影技术并不高明的黑白照片里,也透着光。可是,这样美和慧的少女,却命运多舛,也没有收获爱情。

和妈妈一样,阿莉娅也和帕斯捷尔纳克有过长时的通信。她妈妈是在欧洲追随丈夫时,生活困苦,精神上也找不到等高度对手时,和帕斯捷尔纳克鸿雁往来的。书信是茨维塔耶娃特别擅长的一个文体,她是个只要找到对手就能电流滚滚的女人,不缺能量和火花。之前写俄罗斯系列时,我曾经想写一篇"俄国作家在微博",我觉得以茨维塔耶娃的即兴组织语言的才能,出口成章的格言体,一定能飞快走红微博。她脱口而出的句子都极为亮丽。她和帕斯捷尔纳克的信件集,是两个高手的对舞。帕斯捷尔纳克对茨维塔耶娃的影响,并非风格渗透或是同化,而是为茨维塔耶娃提供了一个高质量的对话平台,当众人还匍匐在加减的初级阶段,他们却可以用密码交流高等数学,进入语言游戏的高层建筑。而阿莉娅,与茨维塔耶娃重合的是真挚和热烈,却更加朴素生活化,多了现实维度。从我的角度看来,也更动人。

她会写自己一天14到16个小时的劳动,清晨和暮霭中的鹤唳,想妈妈的时候就去树林,因为小时候是和妈妈在捷克的山区度过童年的。不是追忆,而是"感受"妈妈的存在。她告诉帕斯捷尔纳克,因为长久被噤声、监控、审讯、高压审查,她已经不会和人交流了,一旦说话就会出现堵词,她也没有曼德施塔姆夫人的刚烈和强大的思辨能力。但她一谈到帕斯捷尔纳克的《日瓦戈医生》,顿时灼见滚滚而来,语言一点都不涩了。如同妈妈当年在精神孤绝的欧洲,经历地理和心理的双重流亡时,靠帕斯捷尔纳克的精神供给,她也是对公社播放的集体电影毫无兴趣,却窝在宿舍里痴迷地看帕斯捷尔纳克翻译的书……这是她从孩童时期,就熟悉和膜拜的人,而又有几人,能像朋友一样被茨维塔耶娃文学启蒙,9岁时就与爱伦堡聊天,跟着妈妈参加诗歌朗诵会,听巴尔蒙特诵诗,又像朋友一样和帕斯捷尔纳克通信?从这个角度来说,阿莉娅又是幸运的。

托尔斯泰：多棱

看托尔斯泰，我觉出了奢侈品的气息——像困难时代的孩子吃糖块，舔一口，再用糖纸包起来，找个暗处再舔一口，那样。看看那些骨轻肉薄的时下文字，再看托尔斯泰，你无法用幸福或是感恩以外的字眼去命名那种满足感，对异己事物的博大情怀、兼容度、文字的精确度、做工精良——真是享受。中国有几代作家，他们的母体都嫁接在旧俄文学上，现在这些人都凋零了。

毛姆说作家笔下的人物可以分为两种，一种你可以在现实中找到，另外一种是病态人格。托尔斯泰笔下的是前者，而陀思妥耶夫斯基就是后者。然而托尔斯泰本人并不承认善恶的二元对立，在他看来人都是河流，有湍急和凶险处，也有静美处。你可以说一个人善的时候多于恶，顶多如此。他笔下的人物，是用高度发达的写实技术，多棱地塑造出来，他最擅长的恰恰是勾勒人物的混合气质。

这个多棱有两个特质：一、他书里没有纯粹的人物，甚至他歌咏的女人，统统都是有污点的，日常质地的，斑驳中带着杂质。娜塔莎差点背着未婚夫与人私奔，安娜则真的是背夫通奸，马斯洛娃索性是个妓女——我常常觉得托尔斯泰是个半神，那种救赎和悲悯的气质，他的马斯洛娃简直就是耶稣的抹大拉。他的视角也是个神的视角，凌驾在小说上方，温柔慈悲的俯角。相形之下，契诃夫是个最高明的局外人，高尔基是个入戏的当局者。二、他笔下没有定格的人物，我看《战争与和平》，写的就是三个人的心灵成长史，尤其是娜塔莎和比埃尔。至于《复活》，它是小制作，人物和情节的成本都很低，场景也不够动态，即使如此，在书里仍然可以看到聂赫留朵夫的自我成长。

托尔斯泰的宽松和弹性也在此，甚至是对读者——他的小说能随你贴身成长。前一阵我看《战争与和平》，是复读，不知道原来为什么没有读出他的好来，比较乐观的解释是，这两年来我有了密集性的进步，开始欣赏一些皮肉之下的好处。大约有五页纸的不耐烦（当然这也是故事布局所限，那么大一个故事的骨架撑开在那里），开局就是个群像，我一向对人物多的小说不耐烦，正是这个原因，小时候才喜欢

《安娜·卡列尼娜》多些吧,因为人物少,情节密度大,角落里都是爱情的碎片,宏观背景几乎虚化到无。五页纸之后,故事突然好看起来,安德烈一出场我就爱上他了啊,后来我又爱上了鲍里亚,这真是……爱的原因很简单啊,因为他们的骄傲——没有傲骨的男人是不可爱的。

看过了《复活》,《战争与和平》给我的惊喜就不复是人物的精确度,而是托尔斯泰控制大场面,处理情节层次的能力。布局当然是很精巧的,一开始安德烈的老婆出场的时候就感觉蓄着隐隐风雷,到安德烈出来的时候那雨就下来了。他老婆的喧哗暖热——她就像萤火虫,吸附了社交场上的精华,然后才能放出自己的光来,又像是个补锅底的,身上挂着大大小小的锅底,到哪里都随身带着自己叮叮当当的热闹劲儿,就是这个把安德烈烦透了。当然她是贤良美丽的,可是安德烈宁愿失去一切,也要换回单身的身份。她是为安德烈所蓄的风雷,也是为娜塔莎所蓄的。比起她来,娜塔莎至少是个原人。安德烈的身上,浓缩着一类男人。因为他们的自我状态不够强和黏稠,不足以战胜婚姻的腐蚀——解析性的文字,长在情节的枝干上,有节有序。看故事的同时,人物、心境、性格,互动关系,全都交代了。

托尔斯泰的一样绝技就是还原细节的能力,很多微观的情绪波动,被他写来竟成了一个贴心贴肺的河流转角——马斯洛娃受老鸨的诱惑做妓女，身世和对男人的否定只是间接原因，真正打动她的是老鸨向她许诺可以买好多漂亮衣服给她，她想象着自己穿上一件黑色绣金边的丝绒袍子……这个意象真正地把她击倒了，只是一件衣服的说服力。

想起纳博科夫有一次接受访问，记者评价："在《黑暗中的笑声》里，你写得很残酷，那个玛戈小姐，实在是太邪恶了。"纳博科夫说："这好比教堂外关于地狱的壁画，你看见丑陋是因为我把它排出了体外。"——我把这个理解成体内的隔离带，亦是一个作家的基本素质。就好比，马斯洛娃被法官误判到西伯利亚做苦工，绝望中唯一的一线光是那些男人，陪审员、法官、检察官看她的眼色，她想只要我不瘦下去，事情就有希望。她唯一信任的，可以利用的，就是自己的身体和男人的兽欲，以及这两者之间的逻辑必然。她根本也不去想那些辽远的厚重的人生真理，这样她才能安全地保护自己的无为——还原人物的内心格局，无论他是好人还是坏人，不伸出一只手去摆布，这种对人物的尊重，也是作家的职业道德。

托尔斯泰伟大的文学天赋，正是体现在对个体的珍视和冷静的复现之上。他写《战争与和平》，为的是阐释他的价值观：历史从来都是由社会阶层金字塔的底端，也就是平民来谱写，而不是英雄。他的这部所谓俄罗斯史诗，就是一部

编年史的日常事件集合,由小人物的积分积累完成,包括家佣、工匠、被俘的法国士兵。托尔斯泰的文学天赋在于表达情绪的往复荡漾,微观起伏,细小动静。没有人比他更精于表达一个眼神,一丝念头,一缕情绪。人,家庭的质感。他复制意识流的能力极其高妙,读者无须再加以推理便能直接体味。

文艺作品的重大价值,除了人文情怀之外,难道不正是对人性客观公正的考察和记录?这就是我为什么对鸡汤文深恶痛绝,它们避开那条黑暗长廊而得到"光",而这恰恰使"光"廉价了,它们是一群搞得人性市场物价混乱,假货横行的二道贩子。好的作品是"途径是苦的,末端是光"(回到黎明的光芒会穿越死亡之幽谷),鸡汤文是"路径是甜的,末端木有"。

附:高尔基眼中的托尔斯泰

关于托尔斯泰的诸多回忆录里,我觉得最好的是高尔基的《文学写照》。原因恰恰在于,高尔基对托尔斯泰的立场,他不是个单向的崇拜者或托尔斯泰信徒,也不是完全对立面的政敌或抨击者,他的视角是个混合的视角,有些敬意,有些敌意,有些不解,有些不以为然。往往是混合的视角容易更全面客观地解析一个人,就像写杜拉斯写得最好的是米歇尔·芒索，写吉皮乌斯写得最好的也是她的一个女友，女人之间，没有不含杂质的爱慕，所以，这个杂质挽救了她们——但说到底高尔基也没有解析什么，他的笔法像是版画，只是用加重的明暗关系，提炼了一些场景出来。

同时看的还有托尔斯塔娅写的一本回忆录——她是托尔斯泰的长女。她的笔法就模糊温曖得多，轮廓线也不清晰，但是看得倒很闲适，她写的多半是家庭生活——托尔斯泰崇尚田园生活，他在乡下住了18年，几乎没进过城。他女儿的回忆录写得像田园牧歌似的——初夏微凉的早晨，和父亲去打猎，到阿訇家跳舞，吃羊肉，阿訇的儿子涉水采了满捧的白莲花给她——她常年担任托尔斯泰小说的抄写录入员，文字自然也是托尔斯泰式的路数。尤其是写景状物的时候，很优美且有人情味。

越读下去，就越觉得托尔斯泰就是《安娜·卡列尼娜》里列文的原形，看这个回忆录，就像是看到了列文和基蒂后来的生活一样，我一边看一边笑起来，"原来是这样啊，原来就是这样啊"，太像了——列文自奉甚简，近乎苦行式的自修——托尔斯泰也是，他甚至不许他太太用奶妈和保姆，或用一把红木椅子，要知道，他，可是托尔斯泰伯爵！列文爱基蒂爱到觉得自己不配——托尔斯泰本人亦在日记里写，他觉得自己携着龌龊的过往，不配这个18岁的少女。列文过了

10个月的婚姻生活后,觉得灵魂几乎枯竭了——托尔斯泰本人亦对朋友说,"幸福的婚姻会毁掉一个人的修为"。

因为史传托尔斯泰最后出走,以至于病死客乡,都是因为有个暴烈太太的缘故,好像还有一本书把家有泼妇列入成功的N要素之一——类似的例子还有苏格拉底、林肯等——撇开这种偏门文章的逻辑虚弱不谈,托尔斯泰的太太倒激起了我的一些兴趣。我先罗列一些数据,我相信有过家庭生活经验的人,很直观地就能看出它意味着什么。

索菲亚(托尔斯泰的太太),18岁嫁给托尔斯泰,她是个医生的女儿,托尔斯泰是她接触的第一个男人,她对他的期望值——天,那是在她成长起来的18年里,一天天积累起来的。彼时没有职业女性,所有的女人都是自小受女结婚员似的培训——她会画很好的水彩画,那时没有幼儿画册,几个儿女的启蒙读物都是她一笔一笔画出来的。她弹得一首好钢琴,常常在婚后和丈夫四手联弹,她的女儿说,那是世界上最优美的催眠曲。舞跳得很好——这个过了18年的城市热闹生活的女孩,在婚后随着丈夫,来到一个没有干净水源,没有夜生活,也没有电的地方,周围只有几个半老和半疯的农妇,夜里只有黑压压的乌鸦在树上叫。在20年间她生了13个孩子,丈夫不许她用奶妈,她一个个把她们喂大。与此同时,他几乎是个不存在的家庭成员,从不介入家务,可是她却要辅助他的事业,整部托尔斯泰文集,都是她一个字一个字,在微弱的烛光下,抄出来的!

她嫁给他时,心智尚未发育到位,他对她,几乎是个凌驾于半空的神,是个造物主,也可以说,他塑造了她心目中的理想女人,以她做原材料。我又想起了毕加索的那几个女人,本是极聪明灵秀的,然而一旦靠近这个天才男人,一近身于他,几乎都给逼疯了。天才的光芒是有杀伤力的,一个正常走路的人,跟在一个会飞的人后面,也会恨自己的双脚是个累赘吧。

看《文学写照》,看着看着,觉得它根本就不是常规意义上的笔记,而是被微妙的小说笔法处理过了——虽然看不到接缝的痕迹:高尔基说"托尔斯泰对女人怀着一种敌意,除非她是基蒂",除了阿赫玛托娃,就只有高尔基提出托尔斯泰对安娜·卡列尼娜的敌意。高尔基最后小心翼翼地说:"这是一个没有得到全部幸福的男人,对能激起男人肉欲的女人的反抗吧。"——最了解男人的,始终还是男人。倒也不见得,也许托尔斯泰夫人也意识到了,所以她嫉妒着根本不存在的一些女人,大家都觉得她荒谬——女人的逻辑向来是这样,她嫉妒不了爱情的缺席,她嫉妒不了一个空洞,她只能嫉妒另外一些女人,哈。

邻家大哥契诃夫

对作家的感情：我对布罗茨基是智力膜拜；对托尔斯泰是感念于他笔下的人事；对契诃夫，我却可以产生人对人的那种爱。

我常常觉得，在文学中，有种叫"意识浸润液"的东西。意思是，一些作家，他们写的东西，像刚钓上来的鱼一样，带着水气和鲜活感。这个从意识深处钓出来的观念、场景、人物，如同浸泡在它最初的情境中那样生动。托尔斯泰最擅长的，就是这种"有机现实的还原"，这个东西是凭心的激情来支配的——激情又分为两种：心的激情和智慧的激情。当托尔斯泰沉溺于前者时，是好故事好情节；当他溺于后者时，就成了说理狂人。道理又生道理，子子孙孙无穷尽。大道理滚滚而来，滔滔不绝，全是逻辑空翻。在话语的洪流之中，我却感觉彻骨的荒寒。

而契诃夫不是这样，不仅是他的十卷本小说，包括他的书信，随手写的札记，一张便条，都那么动人，从来都不干燥。这是为什么？

这里说几句闲话，关于我自己：每天，我对着书本（里面全是书面用语、格言、语录、思辨）的时间略等于一个上班族的工作时段，至少八小时吧。关上电脑，合上书本后，我特别想听口语，日常话题，哪怕是描述一个杯子或一棵白菜。我希望身边有浓重"人"的气息，我不知道该怎么形容这种感觉，姑且命名为"回家"吧。而每次读契诃夫，就会感觉"我回家了"。无论是小说，还是札记、书信，契诃夫都没有空洞的论辩，可是一开口，就是家的气息，无论是一棵只开白花的玫瑰，还是叮嘱妹妹照顾妈妈。你能感觉到肩膀披上一件寒衣，或是近处的火炉的热量，那是生命和语言的"在家"，他不是云朵，不是清风，不是又美又远又高冷的东西。（顺便说句，托尔斯泰在家时，我是爱他的。）

托尔斯泰早年曾经和女仆生下一个私生子，他向妻子及世人坦陈了这件事，做过长长的自我剖析和检讨。契诃夫家里的女仆也和男仆生了一个私生子，当时契诃夫在旅行，家人就按照彼时的常规处理，把孩子送进孤儿院了，契诃夫一回家，第一件事就去把孩子接回来，每月给女仆七卢布做抚

养费。契诃夫曾经说过:"如果每个人死后能留下一个水井,一所学校或类似的东西,让自己的生命在消失后还能留下一点痕迹,就很好了。"看契诃夫的书信集,较之写给情人的调情和怨怼,我倒是更喜欢他写给妹妹的信,提醒她还家里欠的钱;女仆生孩子,如要带在身边,他支持;信尾让她记得把这信的邮票撕下给家里的小孩玩……不流于抽象的自我鞭挞,只在具体的实事出力。能做多少就做多少,很实在。

让我怎能不爱他?他就是我身边的一个小镇青年,出生在一个小城,春来雪融时的遍地烂泥,冬天到了,学校连墨水都冻结了,寒冷的冬夜里还要替爸爸看小店,一直到最后一个醉意醺醺的酒鬼离去才能睡觉。父亲是个赎身农奴的儿子,把孩子打出鼻血是家常便饭,契诃夫上学之后才知道同龄的孩子是不被爸爸打的。他讨厌这个小镇"肮脏,俗气,百无聊赖,没有一个店招牌是好好写的",从第一次去莫斯科起,他就爱上了这个文化生活丰富多彩的大城市。(是不是想起了最近网络的一篇红文《北上广打拼的游子,为何远离亲人仍义无反顾?》哈哈哈。)

契诃夫说:"我喜欢聪明、优雅、有礼貌的人,讨厌那些满手老茧及袜子臭气熏天的人。"他永远不会像出身高贵的托尔斯泰伯爵一样反智,热爱农民,厌恶受过教育的中产阶级及城市文明——他当然不会喜欢暴力家庭的阴影,毁掉了他两个富有才华的哥哥，一个早死，一个彻底堕落，他怎么会热爱那种无知伧俗，对妇孺拳脚相加的野蛮粗暴？老家的房子被拍卖还债以后，他和家人一直在莫斯科租住地下室，那种常年混迹市侩，被庸俗气息包裹，拼命想摆脱的窒息感，世袭贵族，在波良纳拥有上千亩田产的托尔斯泰伯爵又怎能理解？早年为买一双新靴子都得踌躇，看着买不起新大衣的弟弟冻得在雪地里哭的契诃夫，才不乐意像托尔斯泰一样以穿着农夫长袍为美。（虽然老托的爱慕朴素也是真诚的。）

就好像现实，很多知识分子或文艺青年被某些小清新的矫情倒了胃口，就走到了对立面，觉得满口糙词，三句不离下半身，那种反智、审丑、无视鲜花、讴歌大粪、纯负面的表达就是不矫情，酷……恰恰是因为他们意淫和幻想了一个非文青的世界。人应该本色地活着，刻意地媚俗，不比慕雅高明。

他的烦恼让我觉得亲，简直就是相熟的邻家大哥哥。主题为缺钱：契诃夫18岁开始写稿纯粹是为了养家，房子是贷款的，没积蓄是他不敢娶妻的一个重要原因。写《草原》时，不得不半途停下去写了篇《渴睡》，因为手头已经没有生活费了。困窘的时候，甚至连手表都当过。看他与编辑的书信，相当比例的内容是请求预支稿费。创作困境如出我某个密友之心肺："我不得不接二连三地写，就像在追赶马车。我在每

个句子中窥探着自己也窥探着你们,我迫不及待地将这些句子藏在我的文学储蓄柜,当我去钓鱼时,脑子里沉重的主题又开始滚动,为了给某个陌生的读者提供蜂蜜,我却在采集自己的花粉,甚至践踏那根须。"

包括他的感情方式,也似我身边具体可感的某个男人:女人缘极好,常有粉丝徘徊家门只为见他一面。他待女人温柔绵甜,但总小心翼翼地保持距离。契诃夫爱丽卡,是在热烈中带着戒心,"你心中有一条鳄鱼,幸亏我服从理智的安排,没听从心的指引,饶是这样也被你咬伤了"。但是每次丽卡靠近时,他马上及时扑火降温,"我敢打赌,你将来会变成悍妇,吵吵闹闹嗓门尖利,借钱要收利息,会拧邻居孩子的耳朵",而回想当年情时,也会说挺疼的句子,"我爱的不是你,在你身上我爱着我过去的痛苦和逝去的青春"。那种在呼吸的情绪,哪是一个一百多年前出生的作家?这就是我身边一个活生生的有机生命体啊。

纳博科夫从俄罗斯带走了什么？

纳博科夫是彼得堡人，在离开俄国之前他也没去过莫斯科，他提到莫斯科的口气，大概类似于法国人说起"外省"，他说："和莫斯科及俄罗斯其他乡下人说话……"这个是什么概念？我可以做一个文学维度的塑形。1964年，阿赫玛托娃是这样描述饱经战争和政治运动摧残的彼得堡："彼得格勒除了灰尘黑暗之外，空空旷旷，一无所有。斑疹伤寒、饥饿、枪击，这个城市与昔日的繁华成鲜明对比，但人们仍在读诗。这是1964年。"彼得堡历史上一直是俄罗斯的首都和文化中心，并且有亲欧色彩。

彼得堡出的作家太多了，果戈理、涅克拉索夫、老陀，我记忆中最美的俄国风景描述之一，就出自纳博科夫笔下，是彼得堡的春来雪融印象："刺骨的寒风轻拂着人的脸颊，潮

湿但炫目的季节。他携带着涅瓦河中的冰块奔流而下,波光粼粼的河水犹如大海。它照亮层层叠叠的屋顶,甚至街上的雪泥也开始变成蓝紫色。"真美!

在《说吧,记忆》里,纳博科夫精确复制了他储存的童年意象。他清楚地记得走在林荫道上,牵着爸爸妈妈的手,那年他4岁。还有火车穿过隧道,出来时阳光灿烂,山崖上挂着彩虹。那是他6岁的一次去欧洲的旅行,从小妈妈就训练他收藏记忆:"现在记住!棕色沙子上颜色逐层变化的槭树叶,新雪上小鸟留下的楔形脚印。"——纳博科夫本身视觉能力又很好,差点成为画家的那种。这些意识的财富,最后都转为小说中的资源了。他生长在一个文艺气息浓重的家庭,母亲是个艺术爱好者,父亲也有1万多册藏书,在青春期,纳博科夫密集阅读了大量的欧洲文学作品——他从小有法文英文家教,外文能力自不用说,这是他一生中阅读量最大的5年。

毫无疑问,纳博科夫有个非常幸福的童年。他性格中不太同于大多数艺术家的那种东西,可能来源于此。狭隘而专注的爱,对家、父母、孩子的爱,是他一生的重心,及最显著的生命体征。但是他同时非常重视意识的解放,他对人类的疯狂、堕落异常迷恋,虽然这些现象并不出入于他的生活。在《说吧,记忆》的第五章,他特地加了一段告白,说自己和苏维埃政权的怨结与被剥夺财产无关,他对过去的怀恋,主体是对失去的童年的感情。

1919年，当纳博科夫离开俄国的时候，除了一些珠宝以外，他带出的最宝贵的财富是他的语言、记忆和艺术天赋，也就是意识。纳博科夫不是个思想大师，他是个意识大师。意识有很多表达层次，从一个信道漂到另外一个，他总是让他笔下的人物浸润在饱满的意识中，全天候打开内心的门窗。这个意识不是思想，不是通感，也不仅是细腻的官能。他书里很多角色是艺术家，这是偶然还是故意？这种人流露复杂的意识会显得更自然。

《玛丽》是我特别喜欢的一本纳博科夫小说，较之于后期作品技巧简陋。这本书取材于纳博科夫的俄罗斯初恋。纳博科夫回味不已地写着度假时的初恋，两个人去一条浅浅的小河里划船，河床近在目下，河岸边花草欣欣，伸手可触，草木香气都与口鼻相接，一路炊烟袅袅，青春无敌，岁月无辜，爱情无华，难怪纳氏后来说不愿意再回国，什么能比上记忆改良过的盛景呢？书里的俄罗斯乡间大道上的日落，纤纤林立的白桦树，有绿色小火焰般的柏树，有口感粗糙的茶炊……以及这个记忆的箱底：玛丽，他那灰色青春的影子。玛丽的原型叫柳夏，在与她的交往中，纳博科夫获得了感情的光与热，并在之后的写作中不断地释放。

20世纪40年代，纳博科夫携带家小去了美国，他写了一

首告别诗:"对这一切我说出那个最致命的词,用我驾轻就熟的语言,但是你现在必须走,我们就在这里分手,我的所有。"不是和女人惜别,是和俄语。他后半生在美国,必须用英语写作。很幸运他不是以诗歌为写作主体的,诗对母语的依赖性最大,诗人布罗茨基到美国之后是写散文的。

《普宁》是纳博科夫在美国生活经验的部分复制吗?书里那个老教授普宁,从俄国出走,侨居法国,在欧洲度过青春期,晚年定居美国。他就好像是在家具店里流浪一样,大同小异的出租屋,面目相似的一床一桌一橱,操不同语种的房东,但普宁每至一处新居,就力图使它变得"普宁化"起来,他把自己随身带着的旧地图、打字机、水晶台灯,一一摆放。他的全部乡情,都寄托在这些日常旧物上面。他可以说应付日常生活的英语,他也习惯了懒散不扣领扣的美式穿衣法,他还可以按照美国人的习俗,去和女人调侃,但是没有用,他的手势,他耸肩的角度,他吻女人手的高度,他的步态,全都是俄罗斯的。他的意识已经忘掉的,身体却还记得……纳博科夫写他的时候,从未动用过自己的私人经验储备吗?我不信。

布罗茨基：精神富贵

先说说莫斯科和彼得堡。它们在俄国文化中长久对峙。布罗茨基出生在彼得堡，他自认是一个地道的彼得堡人，就性格、教育、趣味而言，确实是。关于他的诗歌，阿韦林采夫写道："他诗歌的张力，韵脚的爆炸性，移行的攻击性，都很像莫斯科诗人茨维塔耶娃。"这个有意思，这二人确实都有种硬兵气。

布罗茨基上完中学就辍学了，但他通过顽强的自我教育拥有了渊博的知识。可是，系统教育的缺失在他身上的体现是：缺乏一种条理性的思维方式。他的逻辑链基本就是三段式，不是演绎也不是归纳，而是直觉——难怪我看他写东西总觉得像蹦床，漂亮灵活的空中动作，既文采斐然，也有智力味道，却总有哪里靠不住。他的世界观是非体系的，他常常试图把一些互相排斥的观点包容进一个文本。他是反意识形态的，不想被某种稳定的观点囚禁。显见的一个表现就是：他常在火花四溅地阐述完一个论点之后，说上四个字"或者相反"。所以，我对他虽然有智力崇拜，却没有心理上的安放感。我当然也喜欢聪明人，但得是方向稳定，不摇晃的。

传记里提到布罗茨基的词汇量，有16000个，阿赫玛托娃是7000个——阿赫玛托娃是一个小场景的室内风格的诗人，自是如此。难怪布罗茨基总让我觉得信息爆炸。眼之所见，一切都会成为他的进项，进而被析成诗句。他曾经说："任何一首诗，无论其主题如何——本身就是一个爱的举动，这与其说是作者对其主题的爱，不如说是语言对现实的爱。"

他还说："诗人是语言的仆人，它的保护者和动力……当诗人的作品被人们所接受，结果是，他们讲的是诗人的语言而不是国家的语言。例如，今天意大利人讲的语言大部分与但丁有关，而不是教皇党和皇帝党机器政纲所造成的。"

不仅是语言，他思考任何问题，都有一种文化高于政治的价值观，就像他对自己是个犹太人的身份意识，也不是种族论。他对犹太复国主义兴趣不大，对作为一个国家的以色列也很冷淡，除非是体现为精神价值，比如他会研究《圣经》中的宗教性。"我们这一代人在战争的废墟中长大，国家忙于抚平自己的皮肤，在学校里我们被灌以拔高的谎话，最后我们成了贪婪的读者，仅仅因为说海明威比福克纳好，就会引发绝交。文学神殿中的座次对我们来说就是中央委员会。读书不是知识的积累，而是我们最重要的职业。无文学原则指导的生活毫无意义。我们过去和现在都认为，我们当时是正确的。"

布罗茨基和阿赫玛托娃私交很好，但无关获取文学营养，两个人的诗歌风格也相去甚远。布罗茨基说："我去她那里，因为她能让我们的心灵活动起来。只因她在场，你便会拒绝自己，拒绝你所处的那个心灵的水准。就会为了她所使用的语言而拒绝你与现实交流时所使用的语言……"表达得真漂亮！——他对我来说是个智力明星，能做极漂亮的语言杂技，但他打动我的，就是这个价值取向，向往精神上的富贵。

为了保全自我，他尽量避开仕途和需要依赖国家体制的生存方式，他做过铣工、勘探者、太平间杂役。在布罗茨基的一生中，1964年是一个重要转折点。诗人因不劳而获罪受审入狱，而后被判流放，最终被驱逐出国。当对方提出"为何不接受高等教育"这个问题时，布罗茨基答道："我无法在这样的大学里学习，因为那么非得讲授辩证唯物主义，而它并不是科学。我生来是为了进行创作的，我干不来体力活。对于我来说，党存在不存在都一个样，对于我来说，只存在着善与恶。"

传记里写道:"对布罗茨基的审判常常被称为'卡夫卡式的',这指的是法律逻辑的缺失、诉讼的荒谬以及可怕的审判氛围。"但对布罗茨基而言,这次审判还有更深层次的意味。"要知道,卡夫卡的《审判》不仅写道,一个人可能会不明不白地遭到审判和折磨,而且还写道,一个不知为何遭到审判的人却也有可能感觉自己有罪。这是人类普遍具有的存在罪孽感,并不一定与犹太基督教的原罪意识相关,这种罪孽感始终存在于布罗茨基的诗歌,也存在于他的整个智性生活。"——他文字中的那种戏谑和癫味,是否来源于此?

而他的复杂性又在于:作为一个情绪不稳定的神经症患者,他又有着勇气,受审时的坚韧,完成系统工作的能力,他行为上的意志力平衡了生物上的预设。他如何找到自我控制的手段?布罗茨基说:"我在自己的一生中阅读过的最宏大见解之一,是在亚历山大时期一个小诗人那里找到的,他说:'努力在生活中模仿时间,也就是努力变得沉稳、安静,避免极端,不特别能言善道,力求单调。'"

布罗茨基：水痕

之前知道布罗茨基有本散文集，叫《水痕》，写威尼斯的。昨日理书时，无意发现李黎的《威尼斯画记》里，提到了布罗茨基在威尼斯的墓地，墓碑上只有三行字：他的俄文及英文名字，还有生卒年月。墓顶上有游客们捡拾放下的小贝壳。墓边有插满笔的笔筒。布罗茨基喜欢像候鸟一样，每年从美国飞来过冬。很多年前，还在那个彼时被叫作列宁格勒的圣彼得堡（彼得堡），他的故乡。布罗茨基偶然看到一篇报道，上面是威尼斯的冬天，雪光和水，自此，威尼斯的冬日就让他神往。

彼得堡是世界级大都市里纬度最高的。布罗茨基怕热，夏天总是跑到北方，去那些有松林、大理石、青苔的地方，他始终喜欢住在河畔或是海滨。

 各自爱

在访谈录中他说:"一般说来,想要真正了解一个地方,就必须在冬天去到那里。因为在冬天,生活更为真实,更受必然性的制约。在冬天,陌生生活的轮廓才会体现出来。"

一个美国作者带着一本翻破了的《水痕》来到冬天的威尼斯,"夏天的威尼斯是炎热的,另外,每年还有1800万的游客会涌进这座城市,这个数字远远超过了当地那些出了名爱发牢骚的居民的数量。巨大的人流充斥了每条水道,覆盖了每座桥梁,挤满了每艘汽艇,使整个城市看起来就像一个巨大的漂浮着的迪士尼乐园——这真是一个荒谬的隐喻,对意大利,甚或整个欧洲而言——他们把未来的赌注全压在了对过去残存印象的兜售上,而正是在此过程中,他们逐渐毁掉了自己的未来。夏天不适合布罗茨基。'我绝不会在夏天来这儿,你拿枪顶着我也不干。'他在《水痕》中写道。相反,这位在俄罗斯出生的诗人追逐寒冷,总是在每一个酷寒的一月来到威尼斯,在一个个出租公寓里,感受寒冷,并写作,直到他短促生命的终了"。

内米洛夫斯基：冷血与热爱

《伊莱娜·内米洛夫斯基的一生》，这本书的出版对我是个惊喜，因为内米洛夫斯基的作品虽然陆续被引进，但她在中国，并没有得到与她实力相配的知名度。

伊莱娜是个犹太人、富人、半个法国人。这三个钉子先敲下去，接着就可以把信息资料环绕挂上。她于1903年出生于俄国的基辅——对近代史较为熟悉的人都该知道，俄国在19世纪以前少有犹太人，18世纪伙同德奥瓜分波兰之后，大批欧洲犹太人涌入俄国，但是叶卡捷琳娜女皇禁止他们进入沙俄腹地，把他们圈死在黑海沿岸，并限制了他们的入学、工种及务农的权利（还记得巴别尔写的鸽子吗？因为犹太人入学名额极少，他家人说如果他能考入就给他买鸽子），所以我们毫不吃惊地看到：巴别尔、曼德施塔姆、爱伦堡、内米洛夫斯基等犹太作家，都出生在基辅、敖德萨这种黑海口岸城市。

当时犹太人的生存非常艰难，暴动接连发生。每次国家发生政变或是战争落败，弱势的犹太人都会成为送上最前线的炮灰，或是拿来做转移矛盾的替罪羊。1905年日俄之战，俄国战败，随后发生犹太大屠杀，彼时内米洛夫斯基两岁半，厨娘给她挂上十字架，把她塞在床下，才躲过了一场掠夺犹太人的灾难。

在说俄语之前，她就会说法语了，连做梦的呢喃都是法文。战时雷诺驻俄工厂的工人罢工，群情躁动，她却暗暗希望法国人获胜——她骨子里也觉得自己就是个法国人。内米洛夫斯基深觉俄国是个野蛮国度，每年在法国度完假之后，坐5天的火车回家，会让她很不愉快："在这样的气候下，太阳几乎从来不露脸，人们醒来，起床、吃饭、工作都得点灯，黄色的空中落下雪花，北风刺骨地吹，涅瓦河的河水是腐臭味的！"1917年十月革命，她逃亡芬兰，经瑞典抵达法国，自此定居，一直到1942年被纳粹抓捕杀害。

她的童年异常孤独，家里有很多人：沉默的用人——饭桌上第一个用人倒牛奶，第二个挑去奶皮，第三个用镀金剪刀剪开蛋壳。她的家是黄金打造的囚室。妈妈不送她去学校，没有同学和集体环境，一个又一个家教，从早到晚地环绕她，给她上语言课、代数课。监狱一般的纪律，仅有的闲暇还得奉献给芭蕾和钢琴。课余，她在小房间里孤零零地和很多书待在一起。（她喜欢书，就像一些人嗜酒，书给了她忘却的力量。）星期天，可以出去溜一个小时冰，这就是一切。"我书里打动你们的悲观本质，就来自这悲伤的童年。"

极度缺爱。父亲忙于赚钱、博弈，参与投机生意，像一个疯狂的赌徒。而她的母亲，这只是个名号罢了——这个母亲如此惧怕青春的逝去，她改小了身份证上的年龄，不许女儿穿成年人的衣服，因为后者的成熟直接标注着自己的年纪和婚姻，度假时让孩子住在另外一家旅馆，以便于自己一个接一个地找情人。女儿在林荫道散步撞见妈妈和她的姘头，也识趣地不打招呼。后来，小说家内米洛夫斯基在《伊莎贝尔》里，当着所有读者陪审团的面，狠狠地报了仇。她用小说的巴掌，反手扇了失职父母的耳光。

母亲的放荡，使内米自小就有了对肉体和情欲的厌恶，看着妈妈涂满珍珠粉的胸部，她觉得恶心。10岁时在公园里看到男孩女孩接吻，她生厌，又带着老祖母式的宽容。这无论如何也不是个孩子的正向成长方式，她的青春还没来到就给玷污了。她从来没有认真发出"妈妈"这个声音，而是从嘴里嘟哝出一声"芒"。每次做晚祷的时候，她就偷偷把为母亲祈祷的称呼换成泽泽尔——唯一的母爱，来自法国家教

 各自爱

泽泽尔,她不安的时候也会去绞泽泽尔的大衣,去寻找她手上熟悉的体温。

在《孤独之酒》里,她塑造了一个冷硬的小女孩。"……他又开始吻她,她愉悦地静静享受着这吻。他问'你爱我吗?''不',他从她的嘴里从来听不到一个温柔的字眼,爱意的流露。"——这个15岁的小女孩当然是内米洛夫斯基的化身。她非常倔强,不愿意流露软弱。无论是回到不愉快的家里,还是目睹外公外婆被妈妈用钱打发走,甚至最爱的家庭教师泽泽尔的离去。在穆斯塔马基,她眼见所有人被白军的逼近吓得瑟瑟缩在一起,她偷笑,她喜欢子弹的响声,她和一个小女孩走近窗口,在为了躲避炮火而熄灯的窗下,她拉开百叶窗,小女孩则弹起了轻快的莫扎特——她有坚定而冷漠的勇气。而在《狗与狼》里,那个眼巴巴地看着豪宅的窗户,想着哪一个窗口才是哈里的卧室的纯真小女孩的精神核心,当然也是内米洛夫斯基。这冷血和热爱,神奇地混合在一起,我想,就是这种异质的冲突和复调的性格构造,迷住了我。

流亡芬兰途中,一个已婚男人的初吻点燃了她的肉欲。在法国她度过了夜夜笙歌酒色迷乱的青春期,她很害怕基因的回溯,她怕自己和母亲一样放荡和贪欢,一直到婚姻治愈了她。内米洛夫斯基23岁结婚后,丈夫上班时就开始写《大

卫·格德尔》，躺在沙发上摊开笔记本，身边一只猫，一朵郁金香。丈夫一下班她就立刻恢复主妇身份。

1929年，《大卫·格德尔》让年仅26岁的内米洛夫斯基一夜成名。之后的10年她饱享声名，佳作不辍，访谈接连不断，作品改编成电影。其实早在1918年，在芬兰避难时，内米洛夫斯基就已经开始了写作生涯。逃难人群聚谈战事的黄昏，耳边是炮火的轰隆，难民们远眺着被烧的城市，野狗嘶叫着已经大幅贬值、被人随手扔掉的货币。阳台上积了一米多高的雪，15岁的内米洛夫斯基躲在角落里给自己讲故事，也给眼见的那些移民们随手编着故事。

有一句话是她在《狗与狼》里形容亚达的："她只顾往屋里看，她不仅看着周围的一切，还痛饮着这一切。这样一来，客厅里的颜色，每件器物的形状，每个陌生人的面孔，都装进她的心底。"——这倒很像说内米洛夫斯基自己。1917年十月革命前夕，犹太大屠杀中暴徒要处决看门人，她没有害怕和瑟缩，倒是跑到窗口仔细地观察了这一幕，那年她14岁。我想这是否就是一个写实小说家的心理配置？内米洛夫斯基用她断然而坚定的眼神打量生活，目光冰冷沉静如冬阳。叙事在非人的冷静中前进，从未屈从于软弱的柔情。在《大卫·格德尔》中她精妙地讽喻犹太金融圈里的堕落和贪财，"他一生都在踮着脚尖走路，因为这样，一双鞋穿的时间可以

长一些",激怒了她的犹太族人,他们把她当排犹分子一样抨击和怒骂——大家太惯于施与犹太人受害者的语境了。其实内米洛夫斯基更多地指向人性而非某一族群或种族,并不存在背叛。

1939年,德军以闪电战入侵波兰,次年6月,色当沦陷,法国政府宣布巴黎为不设防城市,马奇诺防线成了个冷笑话。当穿着木底皮面套鞋的德国军人铿锵走过香榭丽舍大街时,这个内衣品牌的广告是否令他们发笑?——"这里有各种线,所有线都不如施康娜内衣用的线。"之后反种族法律被废除,掠夺冻结犹太人财产的行为陆续合法化。1941年9月,内米洛夫斯基,做了她平生唯一一次女红,就是在全家人的衣袖上,缝上耻辱的黄色六角星。

1942年,针对犹太人的绞索越勒越紧,内米洛夫斯基平静地等待着被捕,她详细地写下遗嘱和交代,包括孩子的生活费安排和饮食禁忌。每天她都带着纸笔去十里外的树林,写下梦想中的战争交响曲,她的《战争与和平》。如果说托尔斯泰是在庄园的荒寒中写作,内米洛夫斯基就是在战火的岩浆之上,在倒计时的生命中,给时代留影。

7月11日,内米洛夫斯基去树林工作,那是一个非常寂静的早晨,"松树环绕在我身边,我坐在被昨夜骤雨浸湿的枯叶之洋中间我的蓝色羊毛套衫之上,就像坐在木筏上一样。

我的包里放着《安娜·卡列尼娜》的第二卷和橙子。美妙的昆虫在叫,我喜欢这种低低的调调。"她给朋友写信,"我想这将是我最后的遗作"。很多人力图把她塑造成一个大义凛然、无视死亡的女英雄,但我认为不是,她自幼饱经流亡:基辅大屠杀、芬兰内战、一战、二战,早已身心疲极。

7月13日,两个宪兵带走了她,临行前,一家人按照俄国规矩亲了一个浅浅的吻。挚爱她的丈夫,甚至愿意以自己的性命把她从集中营换回,但结果只是同样迎来了抓捕和死亡。她的两个小女儿,带着爸爸反复叮嘱不要丢掉的小箱子,开始逃亡生涯,在法奸、纳粹、排犹分子的魔爪缝隙里,在地窖、孤儿院、好心老太太的床下躲过了战争。2004年,这部藏在小箱子里,幸免于战火和流离的遗稿《法兰西组曲》,获得了当年法国雷诺多文学奖,这也是该奖在历史上第一次颁给一位去世的作家。

阿赫玛托娃：情感生活

最近稍有闲，又重读了《阿赫玛托娃札记》，真心觉得，利季娅对阿赫玛托娃的感情，可能胜出她的任何一个男人：她不但爱阿赫玛托娃——少年时代就背熟她的每首诗，杂志发表时少了一行，她也能看出。而且，她的爱，在近距离的接近阿赫玛托娃之后，并没有被后者与声名完全不配的简陋生活所影响，生出鄙意。这种饱含怜意，积极理解，及对内在肌理的认可，才是高质量的爱。

之前对阿赫玛托娃无感，就是因为她老是被塑造成一个受难缪斯的形象，终究少了维度。而在利季娅深情又细致的笔端，这个善感脆薄，不拘小节，出言无忌，小毒针乱飞的阿赫玛托娃是多么真实可爱啊。阿赫玛托娃在结冰的冬夜非要利季娅去聆听陪伴，又避而不谈心事，转而论析起文学来……她真是既脆弱又骄傲。

阿赫玛托娃不喜欢托尔斯泰,直言"他觉得安娜是个婊子,瞧他怎么写她的死……卑鄙地张开双腿,简直是侮辱尸体",这个锋利!她谈到冈察洛夫,"他笔下是细密纯粹的生活流,而在屠格涅夫笔下从未有过,屠格涅夫是浮在表面的小品文",评拉季舍夫是"多么冷淡,对一首诗而言,最重要的是要有自己的语调,而这诗里的语调是别人的。好像他自己从未谈过恋爱似的"。阿赫玛托娃的诗歌是室内和耳语风格的,而她的私谈,也有这个风味。

想想吧,在利季娅的笔下,没有那个时代强劲的背景音:"大清洗"、枪毙、流放、审查、监听,倒全是这些文学话题。阿赫玛托娃有时随口向她吟出一首诗,利季娅马上拼命在心里背下,唯恐流失。她已经不忍心和这些句子分手了。有10年时间,阿赫玛托娃不能发表诗歌,有次利季娅无意间问:"你还在写诗?"随后就为自己的残酷和愚蠢感到羞愧。那个时代把阿赫玛托娃当泡菜坛子一样摔摔打打,而在利季娅眼中,她却永远如传世瓷器一样的金贵。

我一直在想"友情"这个事情,它和很多事一样,不仅是意向,也需要勤劳。就是它得有连续不断的动作,永远清鲜的敏感度,对对方的好奇心,孜孜不倦的研究欲望。它不能又重又空又黏着,像冬天的一件湿雨衣。女性很容易狭隘、

短视,思考半径小,无法调离她的注意力到别人身上,而且精神维度单薄,如果利季娅念念不忘阿赫玛托娃送给她的一双袜子,那性质就不一样了。有的友爱是让人想哭的,就像射箭时不停地听到耳边响起"脱靶,脱靶,又脱了!"

布罗茨基曾经在《文明的孩子》里写诗人的爱:"任何一首诗,无论其主题如何——本身就是一个爱的举动,这与其说是作者对其主题的爱,不如说是语言对现实的爱。"即使是在最艰难的日子里,阿赫玛托娃也在执着地用语言爱着她的生活,而利季娅,则是这些爱最珍视的收集者。

她的感情多折,一生眼瞎,专遇烂人——以至于楚科夫斯基说她:"我爱着一个人,可他不爱我,有一个人爱我,可我不爱他——这就是阿赫玛托娃的职业。在这个领域她无人匹敌,她是第一个发现不被人爱也是种诗意的美(的人)。"

而她的婚姻生活,也都无法与她的才情相配。和第一任丈夫古米廖夫分手以后,她提到对方并不珍视她的价值,阿赫玛托娃说:"有六年时间我无法写作,他只是想要一个月收入四百卢布且能当主妇的妻子。"而阿赫玛托娃在生活中又极其低能:住在猪窝一样乱的房间里,地板也不拖,去探视儿子,连缝袋子也不会,做饭当然勿论。三年饥荒时,她没有勺子,没有叉子,连锅都得向邻居借。阿赫玛托娃和古米廖夫在车站遇到了勃洛克,一想到勃洛克也被遣送到前线,古米廖夫就震惊不已，嘟哝着说："这不是油炸夜莺吗？"我倒觉得阿赫玛托娃的一生，很配这个绝妙的比喻。

第二任丈夫希列伊科则直接把阿赫玛托娃的诗稿扔进了火炉，第三个……没有了，因为蒲宁长期未与前妻离婚，阿赫玛托娃和他只算同居关系。她长期住在墙壁斑驳，连床单都没有的破烂屋子里，椅子是断腿的，一只鞋跟是烂的（所以阿赫玛托娃走路总是跛着），动乱噤声时期，她只能靠翻译和研究为生。和儿子寄身于蒲宁的家，并且和他与前妻的孩子们生活在一起。她自己的儿子只能睡地板，多吃一块肉都得看脸色。

在她与诸多男性的纠缠怨怼之中，这个可能已经是爱的巅峰了：和蒲宁恋爱时，阿赫玛托娃正处于名望的顶峰，尽管病骨支离，瘦骨嶙峋，一举手一投足仍然像个女皇，但蒲宁猜测她的内心就像自己一样阴暗。他写道："这样的空虚——不是指她的外部生活，而是她的内心，是这样的空虚，以至于时常吓着我。"他认为她应该得到一种简单朴素、开诚布公的爱，他时常惊讶于她在自己的内心世界里获得的欢乐："她经常为我们习焉不察的小事所惊喜。我很喜欢她为杯子、雪花和天空发出的惊叹。"

阿赫玛托娃和曼德施塔姆，倒是有种惺惺相惜之情。曼德施塔姆曾经写过阿赫玛托娃有个姿态体系，云云，是很妙

的比喻。阿赫玛托娃谈到曼德施塔姆时像说起可爱的孩童："《时代的喧嚣》是以五岁孩子的明亮眼睛看出的世界。他是最出色的交谈者之一，他不聆听自己，也不回答自己，从不重复……他眷恋妻子到令人难以置信……有次他和妻子到火车站接我，他起早了，直打寒战，情绪很坏，我从车厢出来后，他说'您是以安娜·卡列尼娜的速度来的？'"曼德施塔姆夫人的回忆录里说，这俩人喜欢斗嘴和打趣。

1946年1月3日，自由主义思想家以赛亚·伯林从英国来到圣彼得堡，寻找女诗人阿赫玛托娃，他们在阿赫玛托娃的寓所谈了整整一夜，伯林称其为"悲剧女皇"。事后，伯林在回忆录中写道："她有一个看得见庭院的小房间，空荡荡的，连窗帘都没有，只有一张小桌子，三四把椅子，一只木头箱，一个沙发，火炉上方是一张阿赫玛托娃的画像。"他们那次谈了一个通宵，房间里灯光幽暗，他们各据一隅，仿佛隔了一个世纪的老友重逢。阿赫玛托娃在诗里写道："那一夜，没人敲我的门，只有镜子梦想着镜子，寂静守护着寂静，呵，一九四六年一月四日。"

我爱夏加尔

真是意外所得,在先锋书店的特价区,淘到这本《我的生活》。夏加尔的传记,找了那么久,得来全不费功夫,还有书票。其实此君的文采,真是蛮贫瘠的,像是时下的网络文学,骨血单薄的样子,一句一句,平行累加叠成,小小的碎步,没有纵深。他的故事不好看,他也不是个能在文字中为自己的心事找到出口的人,感谢主,由此他只好另辟蹊径——成了个画家。

但他常常有片刻出彩的时候:到底是画家,视觉化语言运用得行云流水,随手拾得就是"爸爸喝醉后的脸,糅合了砖红和粉红,折合成淡淡的酡色",要么就是"先生的脸呈赭石色,被蜡烛光映衬得分外明媚",呵呵,遍地都是这种一小片,一小片的画意。他还颇有诗情,三两步叙事之后,

就接上个抒情小跳,偏偏我最讨厌这种不老实的诗化回忆录,其实,他的画里有相同质地的东西,就是让人微眩的,梦游般没有逻辑的超现实景物,但是他的画,我倒不讨厌。

我真想有个朝南的落地窗啊,我要找一面迎光的墙,就是早晨最初被旭日照亮的那面,我要在上面挂满夏加尔。他的色彩,那样奢侈的狂欢气息,我希望我的孩子,在这样明亮的诗情中长大,他们,才配得上婴孩干净的眼睛。算了,也许一幅就够了,毕竟颜色太热闹喧哗了,我想挂那幅《孕妇》,穿黄裙子的孕妇,身上撒满了斑斓的光斑,一看就是能把过冬衣服都晒得香香甜甜的好阳光,肚子里装着一个胖宝宝,脚下是维台普斯克的农宅,松糕鞋般的小木头房子,憨实笨拙,一看就是过日子的样子,让人安心,还有一只在散步的笑面牛。

我喜欢他对生活的积极性,还有一点孩子气的幻想:他笔下的鱼是长着双翅的,他的母鸡是会凌空飞行的,他的牛是拉小提琴的。所以也只有他,可以去给拉封丹的动物寓言画插图。而一个人的成长经历必然会影响到他的视角,夏加尔曾经做过画招牌的油漆工,所以他的画有广告化的装饰性,以及随之而来的直接作用于感官的愉悦感。看他的画时,只觉得地面的景物逼近了,更逼近了,然后我就有那种低飞和俯冲般的微眩,接着我就赶紧闭上眼睛,一点点地反刍他那些长着双翅的鱼，凌空飞行的母鸡，拉小提琴的牛。

他是个贫苦的农家孩子，爸爸是个卖鱼的小工。鱼鳞的银光勾勒出他的身形，鱼腥的恶臭代言他的体味，"他弓着腰，用一双粗手翻弄着冰冻的肺鱼，他的老板，像个标本一样立在爸爸身边，又肥又大"。这段话几乎把我读哭，夏加尔的身体里，怎么都还封存一颗柔软的小孩子的心呢？带着小孩子的英雄主义。爸爸是"弓腰""粗手"，老板则是"又肥又大"，这个力量对比也太明显了嘛，他怜惜爸爸的弱势。虽然爸爸常常把被欺侮的苦怨，撒向更弱势的孩子，他在他们的床前举起皮鞭，给他们零用钱的时候撒的遍地都是，带着施舍的倨傲，可是在这个孩子眼里，爸爸始终是那个傍晚带着一身鱼臭、寒气和星光回家的汉子。他时时对他们施以暴力的粗手里，有时也会托着糕点和糖果，那一天，就是孩子的节日。他只想记得这个，不要怨气，不要仇视，不要暗礁，把记忆中的寒意都过滤掉吧。

重读这本书（过去那个是借来的画传版），才读出了这个孩子的敏感、纤细和易折。小时候，他去外公家度假，外公是个屠夫，每天都要杀牛和羊，每次下手之前，外公就会对牛羊做一点思想疏通工作："把你的蹄子伸出来，现在该杀你了，来吧，来吧，这就是你的命运啊。"牛羊们就会流着眼泪，伸出一条腿，引颈受死。夏加尔抱着牛羊的脖子，也

哭了,他也无力扭转他们的死局,他能做的,就是不吃他们的肉,可是这笔感情债,阴郁的内疚,一直盘旋在他的心里,长大以后,他用画笔为它们超度,他画了好多笑面牛,咧嘴羊,它们拉着小提琴,环着手,围着篝火跳舞。它们很快乐。

他的妻子蓓拉,出身名门,两个人背景落差极大——夏加尔的爹是卖鱼的,蓓拉的爹是开珠宝店的,踯躞闪耀的首饰,超出了夏加尔的视觉经验:"我只在梦幻主义的画中,才见过这样辉煌的阵势。我们家呢,呵呵,我们的餐桌和菜肴,像极了夏尔丹的静物画。"——人人都知道,夏尔丹是平民生活场景的视觉调查员。蓓拉的全家人,和她展开车轮战,他们轮班说服她,取消这荒唐的婚约,她不置可否,只是逐日地,一早一晚,把她家里的鱼、肉、甜点,及她自己的甜美爱情和肉体,带来滋养我们的画家。他只要打开他的窗户,就可以看见树林、绿草、月亮挂在林间,马留在农田里,猪留在圈里,一切都在它该安居的所在,蓓拉带着蓝色的夏夜空气、鲜花和田野的气味,朝他款款行来。他们并不说很多的情话……夏加尔的衣扣再也扣不上了。而她,穿着她的白衣服,或是黑衣服,在他的画里,飞来飞去,日益轻盈。

以下这段是过去做的笔记,年轻时的想法,是多么直白和肉欲呵,打捞直觉化的东西好像更多些,呵呵。

如果给我一个选择的机会,我想我会做夏加尔笔下的女人,她们都是在一些粉红色的春梦中,被一个坚实的臂膀温柔环抱着,沉沉地睡去,这些女人都长着形状美好的碗状乳房,汁水丰盈的,地母式的乳房——绝非中国古代男人嗜好的那种丁香乳,萌芽似的乳,使我们想起某种带着苦味的青涩果实,在这些花样盛开的乳房上,搁着一双骨节粗大的手——充满肉欲的恋人的手。然后是花朵、小木屋、小牛、烛台和塞纳河,像是星座一样围着相拥的恋人,所有的风景都以他们为核心,好像被他们的爱情说服了一样,在他们身后,以同样的温情,从容地徐徐展开。这个男人和这个女人,他们经历过的尘世间的事,在彼此的爱抚中像潮水一样退去,最后,只剩下情欲,像被水淹没的岩石一样显露出来。

俄国作家们的法语家教

"乡间豪华别墅的首席仆人自然是管家,而城中房子,最重要的仆人是厨师。她有自己独立的卧室,人们必须称呼她为太太,而不可以直呼其名。她的年薪是45镑。每天早餐时,她与女主人会晤,商讨今天的菜单。两名女仆,是做杂务的,贴身女仆负责为女主人打水、穿衣、收拾房间,年薪16镑。另外一个做粗活的,洗衣服、刷地、给厨师打下手,她的年薪是12镑。有孩子的家庭,另外还有两名女仆,一名是保姆,一名是家庭教师。小孩的房间有两个,一间是儿童室,一间是夜室。前者供白天学习,后者供夜晚休息。18世纪的父母不带孩子,每天下午见面两个小时,相处下。"

以上这段说的是18世纪的英伦,关于家庭教师的境遇。家教的地位其实尴尬,类于女仆,低于管家。彼时欧洲风气普遍如此，跨欧亚两洲的俄罗斯也一样。现在，我来说说精神哺育了俄国作家的家庭教师们。在旧俄时代，有钱人家普遍请家教，他们有男有女，教授不同科目。一些是大学生，比如契诃夫的哥哥就做过住家家教，酬金是食宿免费。也有外国家教，比如外语老师。一个家里可以同时有几个家教，不会说俄语的家教还需要会俄语的家教辅助工作。

俄国地跨欧亚，对欧洲文化有自卑感，上流社会普遍讲法语，家家都会请法语家教。还记得《安娜·卡列尼娜》吗？故事的开篇，就是安娜去救场，她哥哥和法语家教有了婚外情。

内米洛夫斯基的妈妈附庸上流社会价值观，只说法语，看法国戏剧，用法国化妆品，给女儿找的家教当然也是法国人。内米洛夫斯基在说俄语之前，就会说法语了，连做梦的呢喃都是法语，她后来以法文小说成名不是偶然。她妈妈淫荡多情，常常夜不归宿。尽母职的，就是这个家庭教师。内米一直是把法国家教泽泽尔小姐当妈妈的。在国外旅行，妈妈住豪华宾馆，她和泽泽尔住在较次的地方。内米长大后，泽泽尔被一笔养老金打发走，在把青春献给一个无血缘的孩子之后，飞鸟尽，良弓弃。这是家教通常的结局。

纳博科夫的家教，倒是很美好的回忆。那是一个胖小姐，用哮喘的嗓子给纳博科夫读了七年的法语小说……看纳博科

各自爱

夫调侃她,"一座小山一样的身体,唯一运动的部分是那个下巴上最小的真下巴",像是讥讽,再看不像,倒是像男孩子羞于表达感情时的涩。家教来到俄国时,只会说一句俄语"在哪儿",回到瑞士前还是这一句。在异国时她充满了不安全感,别人一用俄语说话她就疑心是排挤,回到瑞士,她发现自己已经不熟悉故土了。《说吧,记忆》差不多是我最喜欢的一本纳博科夫的书,因为里面充溢着爱,对父母、童年、圣彼得堡,还有家教的。

帕斯捷尔纳克：音乐留痕，人与事

《人与事》，第一次读，还是三联的老版，彼时我初中毕业，初读的遗迹是很多勾画和折角："童年，好像飞机场，在我们成年以后，还常常飞回来加油。"那年我14岁，仰视这些消化不了的句子。我喜欢俄罗斯文学的郑重意味，他们是坐在饭桌边就可以摊手谈灵魂的民族。中国大概是前厅是儒，后院是道。这几天又重读，觉得……那一代人的文学实力！

19世纪末20世纪初的俄罗斯，出了一批与时代革新同步的热血文化青年。象征派、未来派、阿克梅派，各种艺术活动都在新叶萌发，出版社像雨后春笋一般纷纷冒出，美术展厅挂起窗帘遮光，随处摆放着风信子，在泥土味和花香里，可以看到罗丹和马蒂斯从巴黎寄来的最新作品，在时代的新旧交接处：由过去而来的文化积淀，由未来汲取的勇气，这

各自爱

冷暖气流交汇成了一部部杰作。

世人惯把帕斯捷尔纳克与马雅可夫斯基并举，我倒在暗暗比较他和茨维塔耶娃：都是莫斯科人，爸爸是美术家而妈妈是音乐人，都被作为钢琴家培养，却在半途拐向了诗歌，都有惊人的通感能力。

茨维塔耶娃的妈妈是鲁宾斯坦的学生，钢琴弹得非常好，茨维塔耶娃4岁就开始识谱了。在父亲的造型艺术和妈妈的音乐才能中，茨维塔耶娃继承了后者。她对形式和色调格格不入，视觉感应力并不突出。妈妈去世后，茨维塔耶娃渐渐不再练琴，音乐生活退潮了，大水洼，小水洼，最后干掉。这韵律感转移到她的诗行里，她女儿说茨维塔耶娃写诗的第一件事就是"找音"。可惜我不通俄语，无法欣赏她著名的爆炸性韵脚。犹记得她在回忆录里写音符的段落，把我给惊到了。那个火花四溅的通感，纳博科夫和于斯曼比她都弱爆了！"降半音符号是母亲在客人面前皱起又展开的眉头，升半音符号是镜子里硬朗的鼻子，高音区是高山雷鸣，低音区净是些小东西"，关于节拍器的延展想象足有两页纸！简直是语言的狂想曲。

而帕斯捷尔纳克的妈妈也是个钢琴家，在家里为托尔斯泰演奏过。帕斯捷尔纳克的音乐天才着重于谱曲，而缺少扎实的技术支持。他是个心高气傲的少年，又相信一切自有神力，最后，仅仅是因为"缺少绝对听力"这个并不重要的因素，他就认为此乃神意，自己并不适合音乐，遂放弃。但他讨论音乐的段落，我个人认为，很美。他评述斯克里亚宾的音乐"具有对时代的适应性，而他作品中又会有口角和纠纷，也就是闯入并补充旋律的东西。造成了一种自然态……"，这种比喻我觉得比茨维塔耶娃那种肆意汪洋要更有边界，省脑。茨维塔耶娃的文字是裹带沙石的狂沙，并不容易下咽。

二人的音乐素养都在文学中有显性体现。茨维塔耶娃的爆炸性韵脚，帕斯捷尔纳克在《人与事》里类似于音乐和弦的那种人事与时代背景氛围的糅合，比如写30年代的活动，自己的诗歌朗诵，转笔就是托尔斯泰之死，中间嵌着俄罗斯乡村的晚秋景色，主题和副题明灭出现，非常有层次之美——我深爱的麦卡勒斯也是从音乐神童转向文学领域的，她的《心是孤独的猎手》用的就是典型的三段式赋格曲结构：第一段呈现主题，第三段重复主题，第二段是故事的主体，相当于赋格的发展部，开枝散叶地描述每个人物的故事。

过去觉得他涩，现在为那种精致的比喻叫好。勃洛克的诗来源于散文，里尔克的诗里有普鲁斯特小说里的手法，而帕斯捷尔纳克，他的回忆录也是诗："我搬进一个单间。我清楚记得：秋天的落日用自己的光芒在房间里和我翻阅的一本书上耕耘的情景。书中留下两种形式的黄昏，一种变成淡淡

的玫瑰色卧在书页上，另一种是刊印在诗集里的诗的内容和它的灵魂。我羡慕作者可以用如此朴实的方式把现实保留下来。那是阿赫玛托娃的《车前草》。"

评斯克里亚宾"头脑清醒，情绪镇定，如同休憩中的上帝"，托尔斯泰"他一生中随时都具有一种本领，善于在彻底割断的瞬息中，在包罗万象的突出的随笔中，观察各种现象，而我们只有在少年时代或是复苏一切的幸福高潮时，才能具有如此的观察能力"。说得多好！托尔斯泰最擅长的，恰是有机现实的深呼吸。

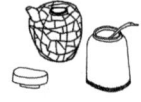

爱伦堡回忆录里的白银群星

让我试着去把一本书也读出清澈与洁净。手头翻的书，是爱伦堡的回忆录《人·岁月·生活》。爱伦堡是个俄国犹太人，一生交游广阔。活跃的阅世心，让他把自己活成了一条流域深广的大河，很多政界和文化界名人，纷纷在此人的眼中投影成像。来看看这个花名录：列宁、斯大林、阿赫玛托娃、茨维塔耶娃、毕加索、莫迪利亚尼、马雅可夫斯基……

翻了几页回忆录……暗笑，此人笔法利索，三两笔白描之后，叙事立即到位，懒得铺垫细节，不屑渲染情调，形容词少，从句少，点评简断，毫无迂回气象。不溺于奇崛的造句，难怪他成不了诗人；没耐心玩结构与叙事技巧，难怪他成不了小说家。他以这套回忆录而成名，可是，回

各自爱

忆录……真的是一种值得信任的文体吗？当契诃夫去世10年后，给他写传记的人们，没有一个能精确回忆他眼睛的颜色，是灰的？蓝的？褐色的？这些传记的精确度，还能值得信任吗？回忆录是一种记忆合金，由个人的视角、主观经验、个体好恶、理解力的层次、记忆的精准、浸淫其中的时代空气，很多东西叠加而成，而这些东西，本身都是不稳定的，易变形的。

激起兴趣值的其实是爱伦堡这个人：我对混血质地的人一向有偏好，文化混血，知识结构混血，性格成分的对比与溶解。又也许是他的生活密度、流速让我艳羡。15岁弃学，投身地下活动，16岁被捕，17岁在境内孤身流离，每晚都得奔走寻找新的住所，有时只能靠妓女收留，18岁被驱逐出境，19岁在巴黎写诗，20岁生孩子。短短5年的生活流域，也许大于很多人一生的广度。想想我们呢，是头拉磨的驴，一生的活动半径可以里数计，10岁、20岁、30岁，没有一个转角埋伏着惊喜等着我们，没有一个山头峰值突起值得去仰视，生活就是这样一条不疾不徐的浑浊河流，裹挟着无数琐碎的生活碎片，向前，向前。

我更无法想象这个人怎么样去适应悬置于两极间的生活。一重身份，是诗人，精致的韵脚，婉转的变调，最温柔细腻的触面，温柔、渴慕、生死相许；一重身份，是地下党，冰

冷的铁窗,严刑和逼供,数英尺见方,转身都大不易的单人监牢。他怎么适应这两极的温差的?一棵树怎样才可以根系冻土,枝叶却肆意地在云端伸展,去捕捉黄昏和薄暮时掠过树梢的云絮呢?

后来渐渐明白,对他来说,最重要的是反日常温情质地的生活,就可以了。眼泪,拥抱,热气腾腾的晚餐,血肉相依的亲情,稳定的中产阶级生活,这才是他最鄙夷的。他自幼便崇尚热血与暴力,别忘了5岁时他就差点烧了旅馆,只因为觉得一切没有遂他的心意。他与生俱来地亲近"正义""自由""纪律"这些冰冷而铿锵的大字眼。写情诗之前N年他就开始写政论了。所以,他做了布尔什维克,而不是更为个人化,更为任性和无组织的孟什维克,也是这个道理。

流亡到巴黎后,他彻夜渴念着俄罗斯的冬天。巴黎,连冬天的草层都是灰绿的,如果花儿不用穿过冰层开放,如果没有爱人吻别时冻结的眼泪和乳白色哈气,那冬天又怎么能叫作冬天呢?很多人自杀了,骨血里奔突的伏特加烈性,又岂是咖啡的暖香所能安慰?

而巴黎是这样一个充满异质的城市,最古老风尘味道的老街上,可以奔涌着最新潮的汽车。灰白半朽的停尸所里,每天都有失意自杀的新鲜尸体等着人来认领,对面却是人气喧嚣、彻夜不眠的小酒馆。大街上车水马龙,一群绵羊受了

 各自爱

惊,牧羊人不慌不忙地当街在车流里挤奶。

爱伦堡为末代流民的咖啡馆生活勾勒了一幅幅出色的速写。那里的咖啡馆,是非常平民的所在,一大早,就有手头窘迫,连暖气也续不起的穷人,来到咖啡馆里,帮着侍者卸门板,摆放椅凳,然后排出6个苏(法国大革命前的货币单位),安享一天的暖气和免费纸张。印度人反对英国自由党当政,俄国的布尔什维克和孟什维克在激烈交锋。这些人中间,有很多看上去当晚就该开路回家的人,转身却成了名,他们中间有列宁、毕加索、海明威,又有更多貌似嶙峋的人,一辈子仍然寂寂无闻地延续灰色轨迹老去。咖啡馆里的侍者,大概是世纪风云最直观的见证者了,即使连巴黎的警察,也给这些暴动分子和艺术家训练得见怪不怪、处乱不惊了。本世纪初,一位西班牙天才艺术家在数九寒冬脱光了衣服,当街号哭,警察也只是走过来,关切地问他冷不冷?

他抓拍场景的能力很出色,来看看他速写本中的白银群星。写茨维塔耶娃,爱伦堡去找她,女诗人5岁的女儿开了门,小声地吟诗——爱伦堡觉得"毛骨悚然"——茨维塔耶娃为诗而生的艺术化性格立刻成形。写帕斯捷尔纳克,爱伦堡拜访完他以后找不到院子大门,只好折回坐在楼梯上抽烟,遇到失眠出来散步的帕斯捷尔纳克,俩人都不惊愕,默然对坐。帕斯捷尔纳克并不阴郁,他只是活在自己的轨道中,他

白色俄罗斯

的诗歌在爱伦堡看来是内心精妙的回声。还有别雷和舍斯托夫吵架，两个人满口叫嚣着哲学术语，然后从两边，各推旋转门的一边，当然这门是开不了的。这场面充满隐喻意味，胜过滔滔不止的分析。

俄国文学作品中的植物

夜里被元宵节的炮仗吵醒无数次，睡眠成了省略号……突然想起这个题目可以写下。在只有四分之一人口识字的时代，很多作家都是自家就有庄园的贵族，比如屠格涅夫和托尔斯泰，即使是平民，也会努力置产，比如契诃夫，如果实在没有，也会在夏天去农庄度假，价格并不高昂。

手边所有的植物书都靠近不了旧俄，因为地域差异。我连华北植物很多都未亲见过，何况是比东北纬度更高的俄罗斯。

等皮下课，一边乱想：俄罗斯文学中常常出现的植物？托尔斯泰苦修时抽打自己的柳枝，第一次读到这段时我都分神了，我还以为俄罗斯这么高寒的地方没有柳树呢。还有风信子，帕斯捷尔纳克在回忆录里写30年代的文化复兴，到处都是美术展，展厅拉下窗帘，摆放着风信子——这个氛围惹

人遐想,被室内暖气渲染开的风信子香气,大家围观着马蒂斯的新画。还有托尔斯泰骤死之夜,帕斯捷尔纳克陪着爸爸出城奔丧,看见残留着金叶的白桦树,伫立在田野上,这满地霜冻的银粉,这金叶,这写在金银笺上的隆重的精神巨人之死。

纳博科夫带有回忆初恋意味的《玛丽》里,丁香在他和玛丽相会的花园里开放,还有山楂。9月开学的时候,加宁先回到圣彼得堡,他倚在渐行渐远的车窗上,探出半个身子,结着火红果实的山楂树,一棵又一棵地隐没在阴霾之中,树下那粉红色的脸孔,远了,更远了。玛丽的原型是柳夏,在《说吧,记忆》里叫塔玛拉。而《塞巴斯蒂安·奈特的真实生活》里,那滑下雨珠如眼泪的三色堇,当然是乡愁,这是在俄罗斯处处可见的花。

契诃夫是个赎身农奴的孙子,而他毕生的梦想是拥有自己的田庄,中年时他终于置下梅里霍沃。我曾经在他妹妹的回忆录里看见过庄园规划图,里面有苹果树、李子树、樱桃树、醋栗和树莓。他亲自为树木育苗,在窗下种下他喜欢的玫瑰。托尔斯泰的《幸福家庭》里就写过樱桃树,这种树一般出现在贵族的农庄,所以契诃夫的《樱桃园》拿它隐喻贵族的败落。

世人都知道美国的生态文学,其实俄罗斯也有帕乌斯托夫斯基、艾特玛托夫和普里什文啊。帕乌斯托夫斯基为世人所知的是《金蔷薇》，而在他的自传《一生的故事》里，处处皆是景语："高大的栗树矗立在我家房屋周围，仿佛在沉思，五指形的干树叶已经开始从栗树上飘落下来。那天阳光灿烂、天空湛蓝，也很暖和，但有凉爽的阴影——是基辅秋日普通的一天。"而在下雨的时候，这些栗叶甚至会把下水口淤堵。他说："我不知道还有什么别的地方也像俄罗斯的景色这样，具有如此伟大的抒情的力量。"

而同样在基辅出生的流亡作家内米洛夫斯基，关于植物的记忆，与帕乌斯托夫斯基则发生了罗生门。她是过敏体质，自幼有哮喘病，必须得远离花粉，她的自传小说里，频频出现的就是第聂伯河边飘来的灯芯草和芦苇的气味……这鼻子真灵，我从不知芦苇是有味道的。

还有富于男子气概的茨维塔耶娃，和大多数的女性不同，这位诗歌里英气勃发的女人，不爱任何采摘的花朵、瓶插切花，只爱野葡萄和灌木丛。这个野性不羁的味道，才配她。

俄国作家们的书房

爸爸耳背,大声说笑,皮皮调皮,上蹿下跳,我妈的煎炒炸当然也是和声,这一大家人不停地制造噪音,我的阅读思路每每被打断。沮丧之余,突然想:俄国作家们都在怎样的环境中读写呢?

所有俄国作家的书房,我最喜欢契诃夫中年时买的梅里霍沃庄园。和贵族出身生来拥有土地的托尔斯泰伯爵不同,契诃夫是赎身农奴的后代,17岁就开始写稿养活自己及家人。因为家贫四处搬家,一直没有固定住所,直到他贷款买下梅里霍沃庄园。契诃夫欣喜万分地给朋友写信:"每天都有意想不到的事情发生,一件比一件有意思。鸟儿飞来,积雪融化,草儿返青。"他每天5点起床,每当他写作疲倦、神思枯竭时,就亲自去整地耕种育苗。他给朋友的信札里,很多是嘱咐对方买来各色种子，苹果树、樱桃树、醋栗，还有他心爱的玫瑰花。

他还盖了个园中园，就是一个小木屋，独立在庄园里，契诃夫怕人打扰时，就在这里工作。后来在图书馆看到一本图文集，写的正是梅里霍沃，欣喜万分捧回家，和想象中有点落差，可能是被修整过，不是文字印象里朴素的农舍。散景很美：角落里的钟，水井，还有苹果树。书房的两面都是大窗子，契诃夫写作时肯定时不时直起腰来看看园景，然后想想自己还欠着房款，叹口气，再继续工作。哈哈哈。小木屋现在是契诃夫纪念馆，间架特高，像船屋。

至于托尔斯泰，关于他书房的相关记录，我当然也留心过。那是一间非常简朴的书屋，没有画，没有地毯，没有装饰品——估计这样可以减少视觉干扰力。托尔斯泰一生都敬慕农民式的朴素，并在生活中亲身践行他的理念。但他这个光秃秃的书房，其实是贵族式的低调殷实和奢华。屋子里全是老式的红木家具，在19世纪80年代就有了水暖，全部窗子都面向花园，极之宁静。梅列日科夫斯基评托尔斯泰，不乏恶意地使用并排出论据验证一个词组"华美的简朴"，把我给笑喷了……说老托那农民式的长袍其实是高级布料精心缝制，每天喝的农人大麦茶比咖啡贵多了，佯装朴素……把我们老托说的跟个高端的安妮宝贝似的。

出生在俄国,流亡作家内米洛夫斯基是个犹太银行家的女儿。像我们这种百姓怎么能想象那个阶层的生活,我原来想:有钱人就是住个别墅吧,结果她传记里那个老宅照片真把我给惊到了!那不是一个别墅,那是一幢大楼!一排十几个开间,三层,她们家一共就三口人!可是爸爸做生意,妈妈会情人,从来没人陪她。她的家是黄金打造的囚室。她在小书房里孤零零地和很多书待在一起(她喜欢书,就像一些人嗜酒,这给了她忘却的力量)。书房里的书橱,是连着小羊皮精装书按"米"为单位买来的,基辅有的是变卖家产的破落贵族,那些书只有幼小的内米洛夫斯基会看。

内米洛夫斯基在纳粹进入法国之后,自知来日不多,所以每天早晨带着笔记本去森林里奋笔疾书,一直到被捕杀。而从欧洲逃避战事辗转回到国内的茨维塔耶娃,境况也好不到哪里去。一生流离,拖儿带女,却对文字怀抱男性化的野心,与她狂暴不定的激情相平衡的,是一种勤奋自律的内在组织力。她女儿说她每天早晨就是空腹喝杯咖啡,然后把自己关在书房里埋首工作——不对,是书桌前,有时她连独立的房间都没有。她给书桌写了一首情诗,"三十年在一起,比爱情更清澈。我熟悉你的每一道纹理,你了解我的诗行",这桌子是她的(或许是)唯一的始终不渝的恋人。她与它相看两不厌,对着它仔细修改诗行,反复推翻重来,咀嚼词句，挖出内核，找到根系，简净不芜。这种打磨的精细和充沛的情感能量结合在诗行里，犹如雨季汹涌的河水奔过狭窄的河床。

至于既不会煮饭也不爱收拾房间的阿赫玛托娃，书房的凌乱是让客人都有点吃惊的——她也没有书房，只有书桌。"大清洗"时代，除了赎买政策收买封口的那批分房子配车的御用作家，大多数文人都很落魄。别说书房书桌，曼德施塔姆连人身自由都被剥夺了。他随身带着个小口袋，里面装着他最爱的但丁，这样他无论何时被抓捕都可以有书看了……

盛产回忆录的国度

私以为,俄罗斯是个盛产回忆录的国度。目前看过的回忆录里,茨维塔耶娃、纳博科夫、爱伦堡、赫尔岑、吉皮乌斯、利季娅、帕斯捷尔纳克、曼德施塔姆夫妇,甚至家属的作品,契诃夫的妹、老陀的老婆、茨维塔耶娃的女儿,就没有一本是难看的。一个饱经苦难,百姓饱受兴亡之苦,长期被专政噤声的国度自然是这样。

曼德施塔姆夫人说很多西方友人都不相信她写的东西——我觉得应该指经验的匮乏,以至于想象力无从落脚。他们怎能想象布罗茨基仅仅因无业就得负罪劳改?还有茨维塔耶娃报不上户口,以及利季娅,只敢用密码去记录身边发生的事,而且随时可能因这纯白描的捍卫记忆而被抓捕流放——这种封口力度有多大多细致?利季娅因为视力衰弱只能用一种进口的黑头笔，结果她每次收到的外国包裹，友人赠送的笔，笔端都被整齐地切去，根本不出水。记得读阿赫玛托娃的传记时，提供回忆的人说她和"俄罗斯诗歌的月亮"正在聊天，突然听到楼上一阵打转的巨响，屋顶的粉尘散落，大家都知道，这是特务机关在装供窃听使用的扩音器。她视之为常态，继续聊天不误。那个接受的心态接近于"世间多少无奈事，只能一笑付呵呵"。

那受过迫害的几代人，顽强地力图还原历史，茨维塔耶娃的女儿阿莉娅这样评论《日瓦戈医生》："这几个形象带着痛苦走入人的心房，因为我们熟悉你所描绘的他们，我们爱他们，我们又失掉了他们，因为他们死了，或是走了，或是过去了，如同疾病、青春、生命一样会过去……你做了只有你才能做的事，——没有让他们无名无姓地、不为人知地离去，你用自己的呼吸与劳动使他们有了生命。"而赫尔岑则说："凡是不敢说的事，只存在一半。"

写这个俄罗斯系列，还有个原因是精神上的亲缘感。看到布罗茨基，我眼前立马出现了北岛和王小波。

所以，他们的回忆录，对我来说，是听精神亲戚述说家族往事的亲切。

并且，一个人的成像效果，往往是在旁观者眼中。我一直不喜阿赫玛托娃，直到读到利季娅记录的阿赫玛托娃的日常碎语,那个点评他人的快语毒舌,很率性,一下把"俄罗斯诗歌的月亮"从高大全形象里给解放了;茨维塔耶娃我素来觉得她狂暴,直到看见斯洛宁记叙她笨拙的热情:她把家里最后的胡萝卜茶端给一个客人,那个人其实是个小偷,还有她不轻言流泪的骄傲——就像某女回忆桑塔格,说她电视机上放着扳手,因忙于学问无心也无暇修,例证桑塔格的勤奋,这细节比整套文集都有说服力。

因为人人都在回忆,每个人都身兼观众和演员:爱伦堡和帕斯捷尔纳克眼中的茨维塔耶娃,落差甚大,而茨维塔耶娃和阿赫玛托娃关于会面的记忆,则干脆成了罗生门,在《人·岁月·生活》里,爱伦堡用踢踏舞似的活泼笔墨描绘了各路洛东达咖啡馆的末代名士,转身他自己又被沃洛申写成了满头乱发的怪咖——靠着多年阅读形成的方向感,小心翼翼地剥落伪饰,挤掉主观渲染的水分,采信更有力的供词。这样和材料百般周旋,一次次穿越迷宫,对我,是百玩不厌的游戏。

再说到一个技术问题:俄罗斯回忆录中有一种是切片写法(比如爱伦堡、帕斯捷尔纳克),其特点是擅于陈述"文学事实",叙和议的比例及糅合度都很好,但并不是纯工笔细描,细到腻的那种。给人事立传成文的手工艺,中国古代有"春秋笔法",在俄国,我姑且命名为"舞蹈家"笔法吧,有高挑骨架，肌肉紧实，柔软的力量感。还有一种是"混凝土"写法，就是曼德施塔姆夫人那种，思辨厚实，夯实有力。但说实话，第一遍翻阅时，感觉是有点滞意的。不过复读时，突然觉得走出了泥泞——俄罗斯的东西读第二遍时，感觉会很好（旧俄小说也是），盖因其信息的立体化。第一遍一边看，一边记，要摸熟人物和事件，看时会觉得有点黏稠。第二遍一段段拆开看，省下这层全局注意力的消耗，专注于阐释、论辩、抒情，一个个细节的手感，细细摸过去，轻松又美妙。

曼德施塔姆夫妇：白银悲歌

去年终于等到《曼德施塔姆夫人回忆录》出版，对这书期待已久，因为之前在北岛、布罗茨基的书里都窥视过这位夫人冷凝的边角剪影，是我感兴趣的力量型女性——娜杰日达·曼德施塔姆是个情绪能量丰沛的人，这种人在表达时必须得有和能量相配的控制力，类似于射箭时的"满弓张力"，曼夫人通篇都是很硬的抨击，犀利的分析，但从不咒骂和哭诉。这支健笔混凝土般地重塑了曼德施塔姆的生平和时代。

曼德施塔姆是白银时代的代表人物，他生于沙俄末期，20岁时和阿赫玛托娃夫妇并肩成为阿克梅派的"三驾马车"，在十月革命后却迅速失声，在斯大林时代的各类政治活动中，历经被捕和流放，1938年死于海参崴。关于曼德施塔姆的诗才，我不敢妄论。首先我对诗歌没有深刻的造诣，其次我不懂俄语。两重大山一阻隔，只能壮胆说几句闲碎。曼德施塔姆本人给人感觉并不是钝重的，凡是第一次见到他的人，都以为他是轻浮无稽之人，说话没有边界和形状，忽而惴惴独坐，忽而一通乱扯，而审美取向偏粗硬的茨维塔耶娃，则干脆把他看成个沉溺在古希腊文化意淫中的小男生。实际上，曼德施塔姆终日处于工作状态，只不过他不是伏在桌上写诗，而是在彼得堡的大街上，在草原，在路上，在内心谱写诗行。他写诗非常精雕细琢，出肉率也很低。

曼德施塔姆隶属于阿克梅派，这个诗派与当时盛行一时的象征主义所强调的神秘美相悖，阿克梅派认为城市和自然生活中自有美感，他用一种回溯了古典主义的优雅而缜密的语言，把深刻的诗意运输到了远处，当然，这种诗歌风格上的自治、独立，及美学上的孤立，既帮他获取了在诗歌史上的地位，又使他一时不能被口味庸俗化了的大众所接受。

说到诗人需要什么样的读者，曼德施塔姆夫人做了一个有趣的对比：别雷是个闪闪发光、熠熠生辉的智力明星，闪电和雷鸣的化身，极其聪明流丽……他需要的是被他征服和迷惑的听众，帕斯捷尔纳克需要的是成熟的听众。而曼德施塔姆呢，他自己在散文里写过，"诗人是一个在海边漫步的人，扔下一个漂流瓶，里面写着他的心事，希望在遥远的某天，被某个异域异世的有缘人捡到，读取……"他的美即时

盛放,可是他收获的掌声却远远滞后。(准确地说是足足过了半个世纪,经妻子奋力出版了她以性命珍藏的遗稿之后。)

1917年革命后,他逐渐失声——这没啥可说,曼德施塔姆的个人经历,浓缩了那一代诗人的命运。茨维塔耶娃、阿赫玛托娃都是年纪轻轻就露出灼灼锋芒,而在20年代之后被迫噤声,不是改研究普希金就是转行译诗和打杂,曼德施塔姆也是沦落到在世界出版社做翻译,在1925年到1930年之间都无法写诗,阿赫玛托娃被封口时间更长,更别说古米廖夫被枪毙,马雅可夫斯基自杀。

曼德施塔姆和他的同代人一样,都经历了内心的冲突和崩溃。他忐忑不安地等来了革命,欢呼一阵之后,又被革命的狰狞面目吓坏了,可是他又不敢质疑和否定革命,他得像大多数人一样穿过刑室,走向终点。突然想起:德俄战争爆发时,阿赫玛托娃和古米廖夫在车站遇到了勃洛克,一想到勃洛克也被遣送到前线,古米廖夫就震惊不已,嘟哝着说"这不是油炸夜莺吗"——应该说,白银时代的诗人,都错生在油炸夜莺的年代。

1934年的一个午夜,三个特工闯进曼德施塔姆家,整夜抄家之后,他们用大口袋装走诗稿,并带走了诗人,临行前,前来做客的阿赫玛托娃,递给曼德施塔姆一个鸡蛋,那是他们款待贵宾的奢侈品。这次抓捕,是那个年代常见的完形填空题,而在这道题里,被草草填上了的罪名是"写了一首讥讽斯大林同志的诗",接着曼德施塔姆被判流放,之后四年,夫妇在一个个荒寒之地间迁徙。直到1938年再次入狱。

这本回忆录里,最让人难过,又反复出现的一个词就是"喘息期"。两次"大清洗"的间隔,山雨将来未来时,夫妻俩赶紧做点事,写诗,旅行,这种命运如刀俎我如鱼肉的感觉,让人心悸。曼德施塔姆随身带着他最爱的《但丁诗选》,因为无论在大街还是澡堂,他随时都会被抓,而他身边,无论是邻居还是门卫,其实都是暗探。有趣的是,曼德施塔姆夫人说她丈夫最欢乐的诗歌,都是在喘息期里写出来的——这感觉我是近年来才明白,最近这五年,我经历了一生中最可怕的厄运,但我最甜美的文章都是这个阶段所写。这个心理过程就是:头顶的铡刀短时移开,人突然生出对明亮未来的寄望,那个反弹非常大,会有一种别样的轻松。这种盲目感,并不完全是逃避,而是人在逆境中的求生途径。

有些记忆的碎片,看似平淡无波,反复读来,却令人生痛。"1936年夏天,我们有机会去了一处别墅,过了快乐的六个星期。可是很快,从广播中我们听到'大清洗'即将开始的消息。我们默默地走出院门,走向通往修道院的路,没什么可说的了,一切都很清楚。就在那天,曼德施塔姆用拐杖戳了戳地面,要我注意那些马蹄印,马蹄印里积满了水,因

为昨晚落过一场雨。曼德施塔姆说:'这就像记忆。'"

"真闷啊,可还是想活到死去才拉倒。"1938年,曼德施塔姆再次入狱,这次他被押往远东劳改营,他有病,常躺在篝火边读彼特拉克。之前他已经有严重的妄想症,有次他从医院的窗户里跳窗自杀未遂,甚至在诗歌里也出现了语言的缺氧感,"窒息的哮喘步步逼近,厌倦了空间的死亡,地平线在呼吸,而我要蒙住双眼"。他缺吃少喝,极度饥寒,到死,身上披着的还是某年爱伦堡在街上偶遇他时,脱下来给他穿的一件旧皮袄。

从某个角度来说,曼夫人比她老公更冷静、警醒、有洞察力,什么都逃不过她犀利的眼神和健笔。"曼德施塔姆无论如何都不相信,那些职业人道主义者只对作为整体的人类感兴趣,而不关心个体的命运。"——职业人道主义者,这个词真好,每次有大的社会事件发生,都会看到这类人正义的脸孔,而他对有血有肉的个体却是残酷冷漠无感的。曼德施塔姆一直幻想有人会救他,但最后的结果是:"12月底,犯人们被押到澡堂进行卫生处理,但那儿根本就没有水。犯人们脱光衣服,在大棚的另一端等待。这时,两个人倒下了,失去了知觉。看守跑过来,在他们身上敲了敲,然后从衣袋里掏出两块小木牌儿,用细绳系在他们的脚趾上,其中一块木板上写道:'曼德施塔姆,反苏宣传罪,劳改十年。'"

娜杰日达做了曼德施塔姆16年的妻子，45年的遗孀。她个子不高，身体羸弱。在年年的恐惧"清洗"和战乱的耗损下，日益干瘦。她几乎试图让自己变成一种没有重量的东西，以便可以逃跑的时候，随时抄起来，塞进衣服口袋。她没有固定住所，没有任何财产，朋友借给她的书籍看完之后得马上归还。在这样的动荡之中，她写了三卷回忆录，完整地复原了曼德施塔姆的生平。如果不是她把自己珍藏的诗稿示以世人，曼德施塔姆早已被遗忘，又怎能重获盛大的诗名？据见过她的人回忆：曼夫人总是躺着抽烟，身着一件满是烟灰痕迹的破衣服。在她身边，是书本，朋友，还有枯萎的玫瑰……不知为何，这个场景一直铭刻在我脑海里，久久不能忘怀。落满灰尘的枯玫瑰，一个干瘦却不失硬骨的老太太，如铁红颜，枯槁亦是美。

和风寄畅

灵魂喜欢放声歌唱

今年特别喜欢的几本书，有一本是个动物饲养员写的，叫作《动物园的生死告白》。先说说这个饲养员，他叫阿部弘士，是北海道人，出身、学业都相当的普通，一个市民家庭的孩子，也没考上大学。但他热爱学习，对世界充满好奇心，在舅舅的钢铁厂里打工，他也常常去图书馆看书，一到节假日，就骑车到郊外去，带着速写本，四处写生。有次他无意中看到一本自然文学书，然后就萌发了去动物园工作的心思，接着他就去了！

动物园的活，他干得津津有味。但其实非常辛苦：每天清晨即起，打扫动物的笼舍，用大菜刀切菜，供大量的动物食用，给它们洗澡、喂食、清理粪便，准备室外活动场地（那是北海道，常年要清雪化冰），要干到晚上八点。还得冒

生命危险,大象太郎牙根发炎、心情烦躁,把饲养员给戳死了。动物园的工作氛围,是粗粝的,管理员们用给动物做菜剩下的白菜,做成味噌汤,在取暖的大火炉上烤土豆吃。午休时间,正专心观棋呢,耳边突然飞过一把菜刀,呃,不是凶杀案,只是一个饲养员拿它砍墙角的老鼠而已。这样一个又脏又苦、高风险的工作,他却乐此不疲。

他爱动物,悉心考虑他们的需求,不怕打扫的麻烦,把它们的居所从水泥地换成了泥巴和草地,让它们像在大自然里一样。但无论怎么尽心照顾,饲养员说:"动物最有光芒的时刻,就是越狱成功,逃出笼子、重获自由的那一刻。"

每种动物都不一样:猩猩最接近人类,常常看到它们欣赏黄昏落日的背影,其他的动物没有这种哲学家动作;水獭很调皮,会偷饲养员的钱包;大象的爱意比较内敛,在饲养员背后朝他扔雪球;西伯利亚狼约翰,在他的爱妻梨香死去以后,恹恹不振,但这只狼,一直硬撑着停滞在弥留状态,它是在等着长年照顾它的饲养员出差回来。那个饲养员一回到单位就赶紧去看这只狼:"约翰,你还好吗?"狼看到了想念的人,心意已了,很快死去——就像人类,老夫老妻往往也会在失去对方的短时间内,相继离去。并且会留着最后一口气,等到心爱的孩子到床前,再咽气。

除了医院之外,动物园大概就是离死亡最近的地方了。

有个新人，每天精心饲养可爱的小兔子，还给它们起了名字，阿部弘士一想，坏了，忘记告诉她，这兔子是喂老虎狮子的活饲料。最后小女生哭了，但也从此理解了死亡的意义。狮子老虎在自然界的生存率也不是很高，同样要经过物种淘汰，因为它们的存在，才使食物链保持完整。而在日本某地，因为狼群被大量捕杀，鹿群失去天敌，繁衍过度，把草地全啃了。所谓的热爱生命，就是对大自然的天然秩序的尊重。死亡，也是要感谢的。每年夏天，饲养员们都会请来神社人员，在动物的灵碑前念祷文，动物死去时，得知消息的市民，也会带着花来告别。就像对老朋友一样。

饲养员常常要撰写事故报告，为了方便阐释场景，阿部弘士就会把事故现场画出来。由此他被挖掘了绘画才能，改行做了绘本画家。60多岁的时候，他还在每天不懈创作。他说之所以画画，是为了曾经触摸过的生命，要把它们画出来。而我钦佩的是，无论是在钢铁厂搬钢筋（"感谢辛苦的劳动锻炼了我的体魄"），还是给动物打扫做饭（"原来世界还有这么棒的工作！"），他都是那么兴致勃勃，原因何在？用他自己的话说："永远不要收起那根兴趣的天线。"灵魂一直在路上，寻找并接收有趣的东西，无论是画画、读书还是养动物，最后，它们都变成了灵魂的放声歌唱。

这本书，用极为简单的，我家皮这样10岁孩子都能看懂的浅显文字，阐释了死亡、自由、爱这样深邃的生命主题——我很喜欢看非作家的书，看他去素笔白描自己的思想和生活。职业化的文字工作者，有种不自觉的技术化，类似于精加工食物，加工的调味，已经远远覆盖了食物的原味，而我更希望能接近粗糙无添加的原材料。

我发现，我所有的文学理念，全部是被非文学家阐释了。当看到隈研吾说"建筑不是一个孤立的房子，它是关系，与自然的生动关系"时，我想，这就是文学啊。文学绝非耸立在精神地平线上供大众仰望的冰冷的理论架构，它是温热生活溢出的汁液，带有血肉温度的活体啊，简言之，就是一个与生活的生动关系。

然后我又看到阿部弘士谈起他自己画画："我喜欢'描绘'，它和抚摸动物的感觉很像，小时候，我喜欢在大自然里抓虫子、捕鱼，喜欢待在有动物的环境里，因为我喜欢触摸生命时的感觉。"我看完这段话，愣了半天，从来没有哪个文学家，这么精准地道出我阅读写作的力量和动机，就是拿文字去抚摸生活和他人，所以，那些走脑不走心，既不牵系生命体验，也不动用情感能量的文字，从来不能打动我，我感觉不到那个手心的温度。

不，我理解的文学不是这样的！文艺是人人皆可亲之、为之、乐之的东西，每个灵魂都有它的歌声。我特别喜欢一个菜场摊主,常常到他家买菜,他的观察力和语言能力很好。那天我买了一个冬瓜,他拍拍那一排几个冬瓜,笑眯眯地对我说:"你看,它们几个是一家的,都长得膀大腰圆!"我一看,真的,这几片冬瓜,是同一个瓜上切下来的几截,腰围和身材都很接近,他那个形容词用得特别好。这是普通人的诗心和诗眼,我热爱的文艺,也是在这个层面上的。

安堵之爱

井上靖的《初始》，是他关于青少年时代的回忆录。这本书里，多次使用了一个词，就是"安堵"，这词在日文中，是放心、安定的意思，中文里是安居。

"安堵"这个词，形象生动，像是四面结实的厚墙，把心无间隙的人围在中间，庇护和保暖，有一种幽闭的满足感，而这正是井上靖的少年时代。我觉得，这本书里笼罩的那种微甜的感伤、甜蜜的轻愁，就是"安堵"之爱。他自小远离父母，和佳乃老奶奶在老家伊豆乡下厮守着。他们住在一个土仓里，这种日本建筑，就是用版筑围成的房子，采光不是很好，幽暗的空气回荡在井上靖的少年往事中。每到黄昏，他和奶奶吃完饭，奶奶手持蜡烛，他紧随其后，两个人关起大门，躺在静静的黑暗中。有时半夜起来尿尿，奶奶守在一旁，井上靖会在如厕时听虫鸣，有时去抓几下萤火虫，然后回到和奶奶厮守的甜蜜空间里，安然睡去。等醒来时，奶奶已经打开了防雨窗，清晨的光线和空气流入了室内。那样静谧宁静的醒转，让中年执笔写回忆录的井上靖，怀想不置。

和佳乃奶奶共同度过的桃源生活是怎样的呢？一月的天，冷冽异常，缸里的水结成微蓝的冰，小孩子听到捣麻薯的声音，就知道要过年了，兴奋地冲到那家去围观。新年前小孩子成群结队去上门收草绳，在田野上烧掉作为祈福，然后，接过作为酬谢的团子。夏天漫长的午睡，北窗下是连绵的稻田，蛙鸣不止；秋天听着窗外的野风渐渐强劲，秋虫鼓腮齐奏。佳乃奶奶无微不至地照顾着井上靖，夏天给他穿肚兜，冬天再缝块丝绵放他背上，帮他保暖。

每年9月，季风带来了暴雨，村子里，家家户户天天出来观云，连最懒惰的村民也忙着敲牢防雨板的钉子，给大树支上支架，而井上靖的佳乃奶奶，就连忙做好了饭团，作为灾期食物。等大雨倾盆而至，奶奶和孙子，两个人就躲在屋里，听着暴雨冲淡了人声，在遥遥不可辨的雨声、人声、风声中，少年井上靖像在野餐一样兴奋地吃着准备好的饭团。雨停了，榻榻米渐渐干了，祖孙俩搬回去睡觉，小朋友在满足的"安堵"之感中睡去。

井上靖这本回忆录，其清澈见底、清新洁净的文字质地，

各自爱

让我想起了原田泰治的画。如果说原田泰治的画是一本视觉版风物诗集,那井上靖这本就是文字版的——日本人非常重视"风土"和"季候感"这样的概念。所谓"风物诗",就是"对某一季节特有的现象、文化、韵味、动植物或商品的称呼,它们是思绪的催化剂,能让人睹物思情,联想起特定的时光"。

而它的动人之处,又不仅仅是回忆一个遥远的、已逝的美好农业社会,消失的精神乌托邦,更是一个少年和另外一个被群体摒弃的老人,相依为伴,在一个与世隔绝的空间里,如井上靖自己说,产生了类似于男女之情的东西。这个佳乃老奶奶,其实是井上靖曾外祖父的小妾,作为家庭秩序的破坏者,是孤立于人群的,在曾外祖父去世后,她把全部的爱转移到这个孙子身上,而这个神经过度敏感,让人手足无措的孙子,和自己的父母疏离冷淡,却愿意对佳乃奶奶全心依赖。

少年时的井上靖,有时也会生病,这时,奶奶会给他炖鸡汤。其余时间,他就静静躺在二楼的床上,安心地听着远处水车的转动声,眼角的余光看着被四面窗框框起的田园风景,让无所事事、百无聊赖的病中时光从身上淌过。中年时的井上靖在医院养病,回忆起自己的童年病中时光,无限感念,对女儿抱怨城市再也没有风车声、田野的景色,只有汽车的嘈杂,女儿非常精准地补充说:"也没有佳乃奶奶了。"

孩童时期的生活,是一生的精神原乡,井上靖在成年之后，仍然屡屡飞回、盘旋，把成年无处栖身的自我，安放于童年时在佳乃奶奶庇护下的安堵之中。少年时的黄昏，小伙伴们归家后离群的孤独感，还有凌晨醒来，天色暧昧不明，以及破晓时分的苍茫感。他在成年后也依稀留存，并在某些相似的情境中、时空恍惚中回到童年。不管是在中国星夜赶路，还是在飞越南极的旅行中，一看见那慢慢破晓、逼近黎明的晓暗，或是飞机舷窗下冻成微蓝的冰洋，他立刻回到少年的冬夏，佳乃奶奶身边，土仓微凉的空气之中。不禁感慨，原来他，或者说所有人的情感仓库，其中相当比例来自童年。

好吧，我很不合适地想起了杨过和小龙女。这书的甜蜜和哀愁，完全不是孙子回忆奶奶的味道，倒像是某种爱情故事模式，一男一女，两个孤独的人，在一个与世隔绝的洞穴，山居小屋，土仓里，或大隐隐于市，或小隐隐于野，甜蜜地厮守着，相濡以沫、相呴以湿，享受着"安堵"之爱。

不得不说，井上靖的性格富有多面性。小时候，我读过他的《孔子》和《敦煌》，对他的印象一直止于历史小说。后来读到《我的母亲手记》，吓了一跳，心想这个人控温力真好，行文中几乎没有个人感情对情节的干预，很冷感，唯有如此，才能高度还原生活。再读到《初始》，天呐，那个不设防的柔软和官能的敏锐度，简直就是婴儿的小屁股嘛。

对他的感觉，真的是一直在变。

吃土的日子

日本作家水上勉写过一本书，日文名字直译就是《吃土的日子》。书的缘起是一群杂志社的编辑，怂恿他在轻井泽的山庄里住了一年，利用手边的现成材料，也就是地里应季采集的菜蔬水果，依照他小时候在寺庙里做小和尚时习得的素菜烹饪方式，去写些食记。

写吃食时引经论典，在写作中是很常见的，水上勉的特别之处，是他写吃的时候，引的是禅宗故事，并加以诠释，在饮食中悟道——他9岁就到寺庙出家了，性格成型期是在大师兄和住持的精神塑造中。师傅并不是成天传授佛学典籍给小孩子，而是在微小琐事中指导他。

比如洗完脸，大师兄会说："怎么可以把洗脸水随便乱倒？应该浇在树根上。"他一放学就要去寺庙帮厨，洗菠菜时，顺手扔了被很多泥巴缠绕的难以清理的根部，住持就走过来说："不要把最好吃的部分扔掉。"寺院的生活非常俭省，每次客人来了，住持就对他说，去地里看看，能弄出点什么菜来？水上勉就去地里采摘，与土地磋商，即兴发挥，做成待客的菜式。

他的菜谱也简单，很少超过五个程序，取材也不高端，但是手法充满了惜物之心，他几乎从不提起师傅的传道，倒是记得住持教过他很多做菜的细节，与生活相连的鲜活记忆。比如寺庙做梅干的手法很细致：将雨季淋过雨的梅子采摘下来，还要等着配它的紫苏慢慢长好了，一起腌制。7月最热的日子里晾晒，如果受潮了，就得全部用梅汁重新擦过再晒。

禅宗的修行就是：具体入微，把一根萝卜的各个部位都物尽其用，细细理出，做出美味的食物，这就是精进。不同的风土，会长出不同滋味的食物。轻井泽水上家的萝卜，特别辣，有股浓重的萝卜气，这是因为轻井泽的土地，深情地改变了萝卜的质地。而这种萝卜的个体意志，也必须好好地尊重、细细品尝。

他还说起一个故事，日本僧人到中国求学，看见一个典座（寺庙的高级管理人员，负责僧众的衣食等杂务）走了30多里的山路来买香菇，僧人很吃惊："你这么大的年纪，怎么不在庙里坐禅辩道、思考公案呢？"而典座作为采买的厨师，

尽心致力于服务僧众，心无旁骛，这就是"道"。

1月，所有的植物都在休眠，只能用菜干和豆腐。一块微不足道的豆腐，要洗了又洗，用海带酱油汁慢煮，一边看书一边候着，把滋味都煮进豆腐。食材没有高下之分，最低贱的土当归这种野菜也能让人尝出土地的味道。水上勉出生于一个贫苦的木工家庭，父亲每天都要进山伐木，带的饭盒里只有大酱和盐，然后在干活的地方周围，即时寻找土当归果腹，这样简素生活着的父亲，却活到了85岁。水上勉小时候觉得父亲很寒酸，可是写着这本山中伙食的水上勉，半生已过，已然明白：真诚品尝食物的舌尖，才是最高贵的——就是通过食物的回忆，他与土地，与父亲，与过往，达成了和解。

4月，高寒地带的轻井泽，迎来了春的萌发。穿着高筒靴，仍然能感到泥土的寒意逼人，在水湄旧处，往年收获芹菜的地方，准时长出了芹菜。这突破冰雪、信守生命诺言的绿叶，让人感动。

7月，是山椒的季节。他的外祖母，则是靠吃着罐子里腌制的山椒，活到了83岁。在轻井泽的厨房里，煮着山椒做早饭佐餐小菜时，水上勉会想到这个腿脚不便、卧病在床，靠替人传话维持生存的山村老妇人。每天，她把筷子伸进罐子里捞腌花椒，吃得美美、总也不厌的样子。食物除了有酸甜苦辣咸五味之外,还有第六味,叫作"余味",就是吃了还想吃的味道,外祖母是深谙山椒第六味的人。曾经滚动在外祖母舌尖,如今又滚动在水上勉舌尖的山椒,成了思念外祖母的食媒。

看着看着,我会想起烟尘之后的古中国,"六月食郁及薁,七月亨葵及菽,八月剥枣,十月获稻,为此春酒,以介眉寿。七月食瓜,八月断壶,九月叔苴",也是这样与土地息息相关的,循月而至的简朴生活。

我顶顶喜欢的事,就是一边看书,一边和妈妈拉家常,摊着一本书在餐桌上,同一张桌子上的另外一角,妈妈在剥白菜:她先把白菜叶子扒开,再把梗子和嫩叶部分切开,前者需要先下锅,后者易熟所以后下锅。最外面一层已经黄掉的叶子,妈妈也不会扔掉它,而是拿它包住剩下的菜心,算是一层保鲜膜,免得菜心枯萎。我对妈妈讲一些书里的内容,妈妈不是很懂,但也认真听着。我告诉妈妈:"你就是水上勉这本书里说的'道'的活人版啊!"妈妈爱惜食材,有真诚而朴素的尝味态度,耐心又温柔地对待最平常的食物。而和她在一起,哪怕过着最简单的家庭生活,吃着青菜豆腐、萝卜白菜这样的粗茶淡饭,我也觉得满足安宁。我对妈妈,就像水上勉对初春的第一丛破冰而出的芹菜那样,充满感激之情。

心法要在世间修

赤木明登年轻的时候，是一个女性刊物编辑，工作非常繁忙，每天的任务表都排得满满的。在媒体做事，看似过着非常酷的生活：看展，喝咖啡，和朋友在画廊聚会，做各种选题，然而在这紧锣密鼓的高速运作中，他却感觉内心的小我是孤悬的，踩不上节拍，他也看不到生活本身。有一次，当他例行和客户喝酒到半夜，社交完毕，大醉而归，他看见妻子在静静地哭泣——洗澡、大扫除、做饭，一家人无所事事地发呆、一起吃饭睡觉这种最普通的事，最基本的"生活"，在这个忙碌奔走的白领之家里都没有。

深夜的噩梦里，他反复着一个记忆深处的场景：他上幼儿园时，老师让大家做跳操，动作不达标的，就留在原地继续做，小朋友一个个散到外围了。而他，是那个迟迟不能做出标准动作,留在老师面前,集体里突兀的那个错位之人,踩不上节拍的不和谐音。

他想离开浮躁却远离内心声音的生活,找到真正的生活核心,就去做了漆器师傅。

他到了远离文明都市的能登岛,首先要安家。朋友开车带着他看房,那些装修很好的、很齐整的房子,他都没有眼缘,却一眼相中一间破败的、连天花板都塌掉的房子,这样的房子,他就可以动手修整:装水管、涂墙、搭架子,一步步建造家园。正是这间破房子,才有他能动手去做点什么,去搭建一个家的发挥空间。

在能登,他拜师学习漆艺:下地、裹布、上涂,一个个环节上手反复实操,直至熟练。他第一次看到漆树和它伤口中流出的汁液,那汁液让他严重过敏,皮肤溃烂,流出脓水,肌体肿胀走形,连走路的腿,都弯成了O字形的。也是在能登,他第一次认认真真地看到了四季:春天最初开放的是白色的辛夷,然后是黄水仙,之后是粉色的樱花。

漆艺师的收入不高,最初5年的学徒期更是只能拿点象征性的零花钱,而且,常年在阴暗的工作室盘腿做活。为了活络筋骨,也为了改善生活,闲时赤木明登会在春天的海潮里,找海带芽来煮小火锅,去山上采蘑菇,去海边钓鱼蘸酱烤了吃。有一次,饿到山穷水尽,结果发现好心的村邻在他家门口放了一袋大土豆,解了燃眉之急。

他老婆,赤木智子,曾经的画廊工作者,到处约人开展的新潮艺术青年,如今的主妇,也是个喜欢手工作业的人,她酷爱用手剥豆子,毛豆、蚕豆、豌豆、甜豆、菜豆、豇豆,每次剥芜菁皮的时候她都很快乐。有次她朋友的婆婆说:"你的手还不够美味。"她想起这话,就舔了下自己的手——丈夫用手探求自我,她就用这双越来越美味的手,以简单的应季食材,放入少量调料,把最小限度的调味用出最大效果,保留食材的原味,不做多余的加工渲染,亲手做出各种清淡却滋味鲜明的家常菜。家里的开销很少,大人小孩吃剩的东西,再去喂山羊,连水都是山上引的,可是他们却有着在都市生活中从未有过的踏实满足。

甚至在文章里,赤木明登也喜欢描绘"手"。形容漆艺前辈角伟三郎"是个依赖触觉的人",说他混熟了就会用身体接触别人,像只小狗一样蜷着身子笑,一见面就用他的大手去握住别人的手。赤木明登也能从一个人背影的肌肉线条和手的形态中,看出"这是个匠人"。

他喜欢手。她也喜欢手。

赤木明登想做的是日常漆器,就是不做那种华丽的莳绘作品,而去做最日常的使用之物。我看了他的作品图册,食器很多:小小的酒杯可以随身带,高座饭碗,温润的涂漆,可以让嘴唇接触汤碗的过程变成温柔的触觉之旅。他的儿女从小就使用他做的漆器，比如上课带的便当盒。他并不觉得让孩子用高价精贵的东西是一种奢侈欣慰，也不担心漆碗会给孩子弄坏。他说："递给孩子一个用心做成的碗，告诉孩子'要爱护它哦'，孩子自然会加以小心。由此，从吃饭到日常生活也会慢慢变得细致起来。这时，这个漆碗就已化作了这个孩子人格的一部分。"

每天使用美物时，都能感觉到"手真幸福"，这微小幸福的积累，慢慢改变了时间的质地。器物在被拿来盛饭装汤的过程中，盛开出生活本身的丰饶，使用者内心收获了踏实的满足感。漆本身有粘补功能，在小心的养护之下，可以使用很长时间，和使用者结成亲密深厚的情感链接。时光流逝，"物"已经成了温暖的家庭成员。

没有为了创作的意义感，他的作品就是拿来吃饭的碗、装汤的碗、喝茶的杯子、陈列餐具的盘子。每个设计，都不是为了体现创造者的"我"，而是顾及使用者的"我"，照顾他们的使用体验。这些器具，它们通向生活本身，它们等同于生活。那些先锋创造者念念不忘的"小我"，为意义而生产的意义感，像灰尘一样被擦拭掉了，呈现了明亮的生活本体。把创造者内心拼命想绽放和显摆的小我，压到最低点，只安静地传递出漆的温润本色。这是他的制漆理念。

这就是修行——为什么我近年来看了大量的工美、建筑、民艺书？因为被那种"把理念做出来"的方式所打动。比如赤木明登本身就是哲学系出身，却没有关在书房里去"思考"，阐述大量的抽象概念，用理论去隔绝真实的生命经验，而是选择了用"手"去体悟这个世界，舍身浸润于具体的生活，获取真切的实感。赤木明登和他老婆的书里，有相当的篇幅是菜谱，其实这个和他的漆艺作品是一回事，"生活即工作，工作即生活"，辛苦干了一天活之后（不管是涂漆或晒鱼干），他就很快乐。当你真实、贴地地投身生活之后，生命的意义自现。但如果把生活关在门外，仅在脑海里生产些隔岸观火的理念，那就永远得不到意义。

　　心法要在世间修。

四季歌

平安如馨

有了孩子之后,突然变得谨小慎微。我从不敢去危险的地方旅行,非常注重食品安全,在街上瞅着个眉目不周正、形容猥琐的男人就觉得可疑,每每看到猥亵幼女之类负面的社会新闻,心中惶惶。上个月,胸痛不止,我一反以往的讳疾忌医,急急去医院看,被告知乳房科周五才有专家来,平日只有外科普通门诊。好容易挨到周五,挂号上楼,病室门口,几位女病人或焦灼或闲适地立着,坐着。后来才知道:老病人都是一脸麻木,谈笑自若,新晋患者(如我),神经绷得紧紧。旁边一个姑娘不停地在用手机上网查对症状,摩挲着自己的胸部,说:"我乳房里摸出了一个东西,怎么办啊?"我心里也怕,乳癌的一大症状是无痛肿块,但也有少数病人是以胸痛为诉求症状。

我无法细腻地描述那几天的煎熬。阵发不止,一波波袭来的胸痛,有时累及肩部,膀子都抬不起来,背包只能背半边。有时痛停住了,又觉得啥事没有,纯属多虑。夜里疼痛涨潮袭来,无法入睡,不停地拿手机查各路信息,暗夜里各种负面的想象泛滥成灾。那几天我把近年来病逝的乳癌明星,乳癌各类症状大全,乳房保健,通通都摸得滚瓜烂熟。

我太舍不得皮了,皮只有七岁,我不敢想象没有我的保护和照顾,她该怎么面对这个狰狞的危机四伏的世界?在没有把她护航到安全地带之前,我怎有死亡或是患病的权利?我妈妈去年已经轻度脑梗,一直在靠药物控制,没有我,谁来照顾她的晚年?之前几年我为各种各样的事情烦恼伤神,痛苦不堪,债务的拖累,债主的威逼纠缠,一次又一次法院执行,高压恐吓,我觉得那已经是恐惧和压力,即所谓"天地不仁"之极限了。现在才知道,不是的,上帝拿走你的底牌,是生命。

因为体质一向很好,我从来没有意识到在透支健康……也就是在查询乳房疾病,被身体发黄牌的那几天,我才知道,原来自己的这种性格,正是这类疾病的高发人群:敏感激烈,爱恨分明,又非常骄傲,不屑于失言失态地去对骂,情绪毒素全都郁结在心里,靠那个最柔软的角落一点点吸收,像用体温去化一块冰。"积郁成疾"这个词,绝非虚言。

后来医生触诊，告诉我问题不大，轻度良性增生而已，注意保养，不要生气就是。我还不放心，加做了一个彩超，无可疑包块，确实没事。"这个世界上有个美好的词，叫作虚惊一场"，我那几天就这么想。在我前面的那号病人，一个仪征的老太太，去年在胸部摸到一个肿块，不痛不痒就没在意，一年下来，疼痛日剧，经查已经到了乳癌晚期，胸骨转移，连手术指征都没有了，医生说"大家尽人事吧"，在我听来就像是"办后事"。回来以后，我再三嘱咐我妈，有任何轻微不适一定要告知我，我带你去看，早期癌症治愈率高，患者痛苦小，而且那钱花得算是有意义。

那天晚上，和爸妈还有皮一起吃饭时，我觉得饭特别香，我说妈妈你土豆丝炒得真好吃，我妈说你讲了好几遍了。突然想起有次读陈希米回忆史铁生的书，说他们过去傍晚常去地坛，史让她和一棵又一棵老树合影，告诉她这里从前的样子。"我们慢慢地在院子里走，心中平安如馨。"——平安如馨，我真想不出世间还有比这更好的词了。一个人，健健康康地活着，心无挂碍，可以和亲人喜乐相伴，度过粗茶淡饭的一日又一日，多么好。之前我是典型的文青思维，形容词多、名词多、道理多、主义多，现在才知道，"爱"是个动词，是动作，我为你做饭，你帮我洗衣，分秒着地，手足相抵，是饱满的能量在动作中传递，不能虚化成思维的产物。

 各自爱

　　就是因为这事，我的生活态度改变了很多。变得知足、快乐，怒点大幅提高，非常享受一家人安静厮守的清贫之乐。现在已经逐步戒掉了咖啡、辣椒，以及坏情绪。当愤怒上涌时，我能非常视觉化地看到一股黑烟滚滚而来，奔向我的乳腺、子宫和其他器官，然后马上就能制怒，绝不流连情绪泥沼。也就是，学会了情绪管理。我要健康地、活力四射地活下去，直到皮皮长大，自立才可以放手。因为你，我害怕病，我害怕老，我害怕死去。这种饱含责任的爱多么沉重，让我不得不匍匐于地面，咬牙前行。但又多么甜蜜，一个惯于飞翔的人，第一次嗅到了来自世俗根系的泥土的芬芳。

咬　春

常和皮去华联买肉夹馍，屡吃不厌。惯吃的肉夹馍是硬面烤成饼，横剖两半，把牛肉剁碎，掺进香菜末，淋以肉汁，然后捧而食之。华联的肉夹馍却迥乎不同，形制上和普通的肉夹馍一样，但是一入口，口感落差就出来了。馍是烫面做的，柔软适口，中间夹的肉，是像土耳其烤肉一样，穿在一个滚动的金属杆上，匀速转动中，均匀受热，而且肉质复杂，有猪肉、烤鸭（带脆皮）等。每次都买一个，烫手热，肉很香，脆皮很酥，我和皮皮寒风中分食，不亦乐乎。

边走边想，我吃的肉夹馍，正是软面包裹着黄瓜丝、韭黄丝、各类精致熟肉丝。要真是从内容而不是形式上说，这样的肉夹馍，倒是像古代的春饼。前两天读《终朝采蓝》，里面提到春饼，其实它的前身是五代时的五辛盘，五辛指的

是大蒜、小蒜、韭菜、云薹、香菜。唐宋以后，立春之日有食春饼与生菜之俗。饼与生菜以盘装之，即称为春盘。此后沿袭下来，《荆楚岁时记》里亦有记录："立春之日，悉剪彩为燕戴之，帖宜春二字……啖春饼，生菜。"明清之时，于春饼、生菜外，兼食水红萝卜，谓能去春困，整个尝新活动称为"咬春"。表示迎接春天之意。唐代岑参《送杨千牛趁岁赴汝南郡觐省便成婚》诗："汝南遥倚望，早去及春盘。"杜甫《立春》诗："春日春盘细生菜，忽忆两京梅发时。"

我喜欢这样的食俗，里面有着暖红的喜感，迎接新春，季节更迭的喜悦和新意。古时是农业社会，顾及时令，人和天时的互动要生动得多，其实也是朴素的养生论，因为冬季食荤腥多，秽气内藏，开春吃一点生鲜蔬菜，一是餐盘里多了翠色喜人，二是发了五脏的毒气，正好可以清肠排毒，洗净一身。

这样的春饼，在南方成了春卷，我们家一年四季都吃，不过是填塞物有变化，一般是韭黄肉丝，也有新韭牛肉，买现成的春卷皮，包好后用蛋清或面糊封口，下锅油炸，很酥脆，很好吃。春饼在北方叫荷叶饼，其实是一种烫面薄饼——用两小块水面，中间抹油，擀成薄饼，烙熟后可揭成两张。春饼是用来卷菜吃的，菜包括熟菜和炒菜。梁实秋曾经写过"家里只要备好开水烫面煎饼即可，肉食包括肘子丝、肚丝、鸡肉丝、烧鸭丝，古代还有豚丝，基本上是肉类都可以入馔"。

汪曾祺写过老舍先生喜欢定盒子菜请他们聚餐时食用，不过汪老的口气已经颇称奇，也许50年代国营机制盛行，盒子菜已经衰落了。唐鲁孙写他吃盒子菜，菜倒平平，不过那盒子上画的是雁落平沙，这么说起来，因为攒盒的精美，吃春饼已经成了形式大于内容的食事了。

要把菜卷在面饼里，便利的方式是各样菜夹一点，再抹酱，但是有人图方便，在其中插根筷子，卷好后将筷子抽出，梁实秋说："这种吃相，下作！"大概是太馋痨相了。有技巧的人，可以每样都吃到不滴一点出来。

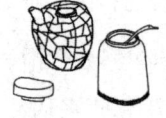

青团又叫清明果

看看古人随笔，谈及仲春时分，清明前后的民俗，其实各地差异不大，无非是游玩赏景，出城探春，观花插柳，贡茶试茶，上坟扫墓，做一些应景的雅事，还有吃青团。《清嘉录》里记载"青团，青汁搜粉为之"，其实，除了艾草和麦汁以外，青蒿、草头都可以榨成青汁拌面粉，包了豆沙枣泥做青团。青团是寒食节食物，因为那天不能生火，故作冷食。人们带它上坟，亲友间也会以此相赠。

喜吃青团，倒不拘于百年名店。一到春天，"来伊份"就会贴出青团广告，简直是"花信"一样。前年的日记里写："来伊份青团论斤称，大概划到两块钱一个。草香非常浓郁，材质够新鲜，又很嫩，简直得捧在手里吃。红豆沙馅的甜润，滋味较丰腴，抹茶的清香，能吃出细碎的豆皮。超市里的艾草青团便宜,四块钱一盒,六个,馅料又多,从豆沙到凤梨到香芋。缺点是稍久就水分蒸发,生硬了。但是我特别喜欢吃隔夜的超市青团,硬朗些,伴一杯滚热的清茶,像周作人枯淡的'瘦词'配邓云乡丰满的长文,正好互补。"

今年,吃腻了红豆甜馅的青团,跑去某宝买馅料更为多样化的清明果(青团的另一种称谓)。哇,神奇的某宝,让我大开眼界:从形状来说,有饺子形的、三角形的、团花形的、半圆形的;从外皮来说,有用面粉的,有现磨米浆的;从内容来说,有酸角豆干腊肉的、荠菜干子的、萝卜丝的;从工艺来说,有一团囫囵勉强成形的,也有刻花模子压制,细节锦簇,悦食且悦目的……我突然想起三毛在外国包饺子,最后能包出小老鼠形的,再加上两颗红豆做眼睛,哈哈。

网友木子说:"这个在我们江西老家,几乎家家都会做,只是在叫法和时间上跟其他地方略有些差异。我们老家的清明果是在2月中旬左右做。我们不叫清明果,我们喊娘娘果或艾草果。里面不添加任何馅,颇为清香,听老人说是迎王母娘娘的。有用艾草做的,还有一种植物叫不来名字。艾草的比较清香,另一种特别有劲道。"尾藏说和太平天国有关,所以有吃青团习俗的地区是江西、浙江和福建,也就是太平军的势力范畴。

我跑去查了查,除了寒食节纪念贤士介子推以外,清明果确实和太平天国有关,故事情节并不奇崛,和大多数关于帝王的美食传说套数类似,无非是帝王、太子、遗孤在逃难途中,被村民、农妇或小贩救起,一时找不到解饥之物,然后天降神迹,某种野草、路菜或粗食华丽丽登场,救人于危难。在清明果的故事里,请填充上"李秀成""清军围城""艾草揉汁,和上糯米粉,最后填馅成清明果"。除了艾草之外,木子说的另外一种植物应该是春之七草里的鼠鞠草。

最近正在看《字解日本》,里面写道:每年春天的花祭,也就是浴佛日,一般是喝药草茶,吃绿色和果子。就是将艾草嫩芽煮熟磨碎,放在糯米粉里搓成汤圆,煮熟后沾红豆泥或黄豆粉吃,类于中国的清明果。可见节气是四季的断句,给日子打上逗号和句号,而民俗不过是各地回应物候的柔声。

艾草在《诗经》时代就已经被黎民食用,所谓"彼采艾兮",是吃它的嫩叶。但现在食物已经高度精化,极大丰富,人们根本不会去吃它。怀古之幽情,只能在艾草做的清明果(青团)里去寻觅了。

香　城

溧阳是我去过的最香的城市。不仅是天目湖景区，包括市区，新叶滋发的香樟树，都在强劲地释放香气。是因为树的密度？湖区的空气清新？南京、绍兴和苏州都是遍植香樟的城市，但都没达到这种香气袭人的力度。在南山竹海，连竹林的厕所都是暗香不断，找来找去，才发现香源是种在池子里的像书带草似的香叶——不是卵形叶，非薄荷、罗勒、藿香，也没有柱形花蕊，不是香蒲，倒像是香茅草。这种草木生香的方式，颇有复古之幽情，而且平民化，不像古代作为室内清供的佛手、香橼或是兰花、水仙那么金贵，还能防蚊虫，我也打算种一盆。

溧阳山多，竹子多，进竹海的路上，竹荫蔽去了烈日的光与燥，遍地是刚出土的笋尖，当然，也处处挂着"禁止挖

各自爱

笋，违者罚款"的牌子。我嗜竹，也爱吃笋，这下要仔细瞅瞅它的原貌。原来竹子是从笋子里长出来的，在生长的过程中像蛇一样的把皮蜕掉。正所谓靠山吃山，景区门口有老太太卖现挖的笋子，10块钱一袋，4斤装，根上全是泥巴。她一边吆喝一边手不停歇地剥皮，加工过的笋芯价格更贵些。她并不像我日常做菜那样一层层剥落，而是拿把快刀，反手一旋即成。我仔细琢磨了半天，估计这个身手也不是一时半会就能练就的，也罢了。

我和皮爸都很爱竹，春天我还会带着《竹谱》，去沧浪亭看竹子。那园子里有个迷你竹林：紫竹、刚竹、金镶玉，各种竹。日本园林也讲究种竹，室生犀星的说法是，种在东边可以早晨观日影，种在西南是为了终日映照苍苔，竹子要修剪枯叶以便透入天色和云光。我家一介平民，当然住不起庭院，只能把地板配成竹木的——竹子的色泽，一眼就让人顿生清凉意。家里还有大大小小的竹木茶壶、茶杯、竹碗、首饰盒，以及我在各地买的竹书签（我喜欢把书和竹子这两大心头好结合起来，所以旅行时总是买竹书签，有手绘植物的，有贴干花的，有镂空图案的）。

再说吃，开春以来就一直在吃笋，细嫩的笋尖，配了咸肉，炖成笋煲，笋块可以煨排骨汤，另外就是家常的油焖笋，还有烧鸡和肉的时候放笋片同炖。这次，在溧阳，发现他们

最日常的吃法，是拿雪菜炒笋片，而我吃的最香的笋，居然是上山途中，在一个店家买矿泉水，无意中发现煮茶叶蛋的锅里，有几条随手扔进去同煮的细笋，买下，很嫩很好吃，大概是因为刚挖，新鲜的缘故。

鸟世界里，有非洲来的金刚鹦鹉，毛色类于虎皮鹦鹉而身形巨大，足有一尺多高，会用嘴巴举杠铃，拿爪子踩自行车和溜冰，表演欲强烈的它，演完自己的戏份被赶下台时，气得毛都竖起来了。我回来以后给鸟迷皮大人讲这些，她乐坏了，母女俩笑得声震屋瓦。问她想妈妈不？嗯，有时想。没有妈妈陪伴时在做什么？皮说是翻到一本唐诗集，还默记了几首，7岁的皮大人，嗲声嗲气地念着"沙暖睡鸳鸯"……这诗句似乎有点情色呀，不过唐诗萝莉并没有意识到这点。哈哈哈。

去溧阳的火车，是终站厦门的动车，我坐的那个行车区间里，乘客稀落，在车厢里乱走动，发现一张空桌上，放着免费给旅客看的《旅伴》，读到胡桑翻译的辛波斯卡，《金婚纪念日》，坐下来，一行行地看下去，欣喜，立刻用手机上当当订了一本，想到回家就能看到整本诗集，快乐极了。

而怎样的言辞，才能传达我之种种不值得一提的幸福呢？

谷雨说雨

到"谷雨"了,也应景地落了雨。我忍不住琢磨起谷雨和雨了。"谷雨"源自古人"雨生百谷"之说,清明断雪,谷雨断霜,这是春天的最后一个节气了。此时春景正盛:"夏燕筑巢,布谷拂羽,紫藤垂香,蔓蔓蔷薇,芍药于阶,酴醾香荼。"民间也有"谷雨三朝看牡丹"之说,所以牡丹俗称"谷雨花"。来看看旧时观花的热闹劲儿,"郡城有花之处,仕女游观,远近踵至"。

但在生活中,牡丹的普及度大约是没那么高,没达到俯拾皆是的密度,所以没人把谷雨时节下的雨叫"牡丹雨",倒是有叫"桃花雨"的,毕竟桃花更平民家常,街边檐下,处处可见。我平时给皮背古诗词,但凡遇到什么"春来遍是桃花水""桐花万里路"就觉得很容易举例,不像琼花什么难找实物。说回"谷雨"话题,更有务实人士,认为雨水有利农作物的生长,称它为"报喜雨"。

之前读《荆楚岁时记》,读得非常慢,为啥?因为我那个版本没有详细的注解。"三时雨""月额雨""洗车雨""豆花雨""榆荚雨""催禾雨",这些都是啥哟?一个个查过去,查得我老眼昏花,一阵忙乱。别看古人无卡拉OK、电子游戏、某宝团购,人家的生活也还是情致丰富,细节充沛的。且看语言的精致:"洗车雨""洒泪雨"都是和牛郎织女二位相关的。"洗车雨",专指农历七月初六日下的雨。"最恨明朝洗车雨,不教回脚渡天河。"而初七的雨就叫"洒泪雨"了——难道是初六备车,初七幽会,聚散两依依的意思?啊哈,想想看,天上的雨掉下来,滴滴渗透了情节感。

中国是农业大国,所以词语与农事的关联度很大。"豆花雨"自然是豆花开时下的雨(现代人大概只知道"豆花鱼"吧。哈哈哈),至于春日的"榆荚雨",夏日的"濯枝雨",秋日的"催禾雨",都是为春耕秋收这首四季歌所押的韵脚。还有十月的"液雨",百虫饮此而藏蛰,等于给农作物打药。

江南多雨,李清照从北地南迁后写:"伤心枕上三更雨,点滴霖霪。点滴霖霪,愁损北人,不惯起来听。""点滴霖霪"这四个字白描素笔使得真好,把南方的雨那种层次丰富,连绵不绝全然道出,那雨要是"潇潇"还好,等下到"霖"

的程度时,特别是半夜,独睡的人突然醒来,会觉得有淡淡的身世感。北方的雨是什么气质呢?有个北方的朋友告诉我,他们那里把大雷雨叫"闯雨",这个莽撞又生猛的词,我觉得很有趣。

如果不是冬天的冻雨又下得没完,则小小的,舞步细碎的雨,在静心时听也很好。朱光潜的学生,要帮他扫落叶,他说不用:"我等了好久才存了这么多层落叶,晚上在书房看书,可以听见雨落下来,风卷起的声音。"日本的庭院,有时要故意装一个铁皮屋顶,以便听雨。这是禅心。但是现在都住在全封闭的高楼,没有瓦屋顶也没有落叶堆,有时我听见雨打防雨棚的碎声,只觉心躁。

说说小女人的雨吧,梅雨季是我喜欢的,空气被雨洗过以后,清新洁净,新绿萌发,雨中的白玉兰、泡桐花,还有小叶女贞,街上台风吹断的梧桐叶梗的味道,都特别好闻。去年家门口还有夜市,有卖花的摊位,黄昏雨停,带皮散步,会给她看红掌和珠兰,还有茉莉,正是"苹末风微六月凉,帘内珠兰茉莉香",有时大雨中穿过南邮,光脚在木屐上打滑的时候,会想到"煞风景是大雷雨,博得游人赤脚归"。那是看荷花的人被雨淋了,想想也很美。

琢磨了这么半天的雨,第一次发现,这是个如此伤感的字眼。最伤心的哭泣,应该就是"雨泣",无言的悲伤中,泪珠不断地滚下来，静音的情殇。老朋友叫"旧雨"，旧雨还能重逢，"一别如雨"则多用于情人，意即永不再见——雨是单向的，落下以后，回天乏力。偶尔也有安详得道的雨，《空谷幽兰》里比尔波特形容一个得道的隐士，谢道长，说"他的心清澈得像久雨之后的天空"。

最近几日，在看周作人的闲情文章，突然觉得，江浙文化，其实从某个角度来说，就是被水汽滋养出来的。不仅是因为，书里有很多关于水、乌篷船，清明坐船扫墓，由水路去上学的风物文章，更是文字中一种平淡舒缓、丰腴润泽、低处晕染的水感，我更记得，汪曾祺说过："写风景，是和个人气质有关的……我是写不了泰山的，我对一切伟大的东西都格格不入。泰山进不了我的内部，我是生长在水边的人，一个平常的、平和的人，对于高山，只能仰止。"没有一丝高蹈的慕强之气。

谷雨和清明的日子里，我总是忍不住去湖边散步回家，空气的气味太好闻了，湿漉漉的，夹杂着淡淡的花香，又没饱和到梅雨季节那种捂在身上的黏滞感，路过楼下的紫藤花架时，我总是会想坐一会，歇歇脚，也歇歇心和脑子。没有什么比那种清淡的幽香，更能安抚着奔走一天的疲惫的心了。

撸柳球

前天说到清明风俗,昨日慧慧跑来对我说在她们山东那里,此时要吃鸡蛋、插柳——呀,真是古风遗存。《清嘉录》里记载:"清明日,满街叫卖杨柳,人家买之,插于门上。农人以插柳日晴雨占水旱,若雨,主水。谚曰:'檐前插柳青,农夫休望晴。'"这个习俗由来已久,所以宋诗里说"莫把青青都折尽,明朝更有出城人"。不但是山东,皖北、河南的朋友说他们那里,清明日就是杨柳受难日,都有这类习俗。

清明和杨柳似乎缘分颇深,各路朋友继续向我介绍他们的地方风俗,除插柳之外,趁嫩时拌柳叶和杨叶吃,挖六个孔削柳笛,给孩子们做柳哨,都很常见。

还有"戴柳球"。按《清嘉录》记载:"妇女结杨柳球戴鬓畔,云红颜不老。诗云'一枝斜插绿云翘'。"这个戴杨柳球的习惯至少沿袭到民国,看汪曾祺《大淖记事》里写的:"她们的发髻的一侧总要插一点什么东西。清明插一个柳球(杨柳的嫩枝,一头拿牙咬着,把柳枝的外皮连同鹅黄的柳叶使劲往下一抹,成一个小小球形),端午插一丛艾叶,有鲜花时插一朵栀子,一朵夹竹桃,无鲜花时插一朵大红剪绒花。"

"戴柳球"的习俗已成过往,现在遗韵尚存的是"撸柳球",那什么是"撸柳球"呢?按废名的说法是"打柳球",就是捡根不太老的柳枝,"把柳条的青皮撕开,然后连着叶子一直剐到柳树枝头"(废名是湖北人,所以把撸的动作称为剐),云南朋友说她们也玩这个,叫燕雀,大概是觉得长得像燕子。还配有专用歌谣:"燕雀燕,疙瘩瘩。你骑骡子我骑马,一骑骑到丈人家,丈母娘子不在家。风吹门帘望见她,红头发,长指甲,你看怕怕不怕怕?"小Z同学认真地向我解释了半天后说:"姐你忙,我现在就去河边找根柳条撸个柳球给你看。"原来是把柳枝刮到底,让柳叶堆积成花絮状,飘扬在裸枝的末端。

柳树姿态婀娜优美,又易成活,且实在是分布甚广,即使从文学角度来说,都是出镜率极高的一种树——植物学家潘富俊老师说:"在文学作品中出现次数最多的植物,就是柳树。"从塞外的柳("羌笛何须怨杨柳")到江南的柳("龙池柳色雨中深"),爱杨柳的文人也多,比如丰子恺称杨柳为春

 各自爱

意所在,他说爱它是因为万树皆往上长,只有柳树谦卑下垂。

除了美德之外,柳枝还有宗教意味——之前读托尔斯泰研究资料,看他在苦修时,用柳枝抽打自己以示自惩,"问题就在这里:在两个互相渗透又汇合的托尔斯泰之中,哪一个是最真实、诚挚、始终如一的呢?是那个用苦行僧之绳鞭打自己赤裸脊背的人呢?还是品尝加蜂蜜的享乐主义番饼的那个呢?"好吧,我承认,第一次读到这段时我分神了,我还以为俄罗斯这么高纬度的地方没有柳树呢。

端午：香囊与菖蒲酒

天气骤热，端午将至，端午在我的印象中，就是季节落笔大地的一个句号：春天，完。夏天，始。在日本，这个时节也会有一个"更衣节"，大家齐刷刷地换夏装，让旅居和游玩的外国人吃一惊。

端午习俗，流传到近代，有一些古风犹在，比如插艾叶、包粽子、腌鸭蛋。但是更多的已经被淡忘，如喝雄黄酒，缠五色线，挂五毒符，斗百草，跳钟馗，戴艾人。至于赛龙舟，各地倒是有，表演性的居多。

我近年来关心民俗，并不立意于逆溯风雅古意，而是很好奇在过去的中国，这样的农业社会里，节气和日常生活之间的生动关系。那些应时习俗，它的实践者都是草芥小民、普通人，且它的实用目的也远远大于审美。比如：为什么端

午要薰香挂香袋吃雄黄酒,不外乎夏阳极盛,湿热顿生,蚊虫乱飞,拿一些气味强烈,芳香开窍,药性寒凉的草药去驱蚊虫,解热毒。旧日北京有"棚铺",一到端午就要去四合院,给住户搭夏天要用的天棚,这是竹竿和芦席做的,那当然是用以遮阳,这棚子是端午搭,中秋撤。完全与季候合辙。

农业大国的过往,是"与土地及从地而有的草木鱼虫依赖眷恋的一生。菊花荞麦壳灌枕头安眠;蓝靛染衣,决明子明目去火;薏苡仁白肤轻身;苎麻皮做绳;木瓜制蜜饯;青梅泡酒;金樱子除风湿;槿树、荆柳叶汁洗头;忍冬为茶饮"。而这些,在各种现代设备齐全的今日,日益泯灭。人和季候之间,淡漠疏离。

话说昨天我琢磨着端午,突然想起小时候到了这个节日就要去做的香囊。就是拿一张长条的纸,折成立体的菱角状,上面用五彩丝线缠上,穿进彩带,挂在身上,奢侈点的还可以搭配绸缎零头所制的五彩小人和心形或花状荷包,做成一串。我幼时当然不懂什么"以赤白彩造如囊,以彩线贯之"之类的古风流传,只觉得好玩。我很想让皮大人感受一下我曾经经历过的节日的峰值兴奋,就跑去网上找,结果居然找到了DIY端午香囊,就是给你配好了各色丝线,填塞香囊用的香料和中药,挂香囊用的彩线彩珠,另附一张折纸教程和民俗介绍。我打算买一套香囊,外加手绘迷你龙舟和彩蛋。

端午在我的记忆中的留痕，其实是气味。去年夏初，和皮游苏州，在十全街兜兜转转找到雨果书店，印象最深的有两点，一是入店必须买书的规矩，二是室内的端午气味。这个气味类于我小时候的香囊，其主要成分应该是苍术、藿香、艾叶之类的，至于喜欢清淡草本味道的，还可以选用陈皮和菊花。有一年我就是去茶叶店，买了他们特价的瓶底被压碎的残菊，做了香囊。除了挂香囊之外，还可以香薰。南方潮湿多蚊虫，古代又没有抽湿机，到了蚊子横行的"恶月"，只能靠天然手段对抗，比如曝床晾席，或者用苍术、白芷和艾叶来烟熏祛湿，芳香辟晦。

就像鸢尾是立夏之花，菖蒲就是端午之花。这个习俗后来流传到了日本，被他们所习用。在《枕草子》里，蹀躞着菖蒲端丽的身影。"节日是没有可以及五月节的。这一天，菖蒲和艾的香气和在一起，是很有意思的。上至宫禁，下至民家，竞相插着菖蒲花。""节日进膳之后，年轻的女官们，都插了菖蒲的梳子，穿着唐服，把菖蒲的根和别的花枝，用浓色的线编成的辫束在一起。"（中国人是把艾和菖蒲用红纸绑成一束，然后插或悬在门上。因为菖蒲叶片呈剑形，引申为"蒲剑"，可以斩千邪。）很多年前，我买过一套浮世绘的明信片，依稀记得里面有一张歌川广重的菖蒲花，我拿它做书签来着。

中国人还有端午喝菖蒲酒的习惯,"端午以菖蒲一寸九节者,或缕或屑,泛为酒",就是把菖蒲切碎或成段来泡酒——但是菖蒲酒其实性烈,适宜搭配青梅以缓和,取其甘平,护肠胃。现在我要温一碗菖蒲梅酒,看小儿做香囊,过一个真正的端午。

今夕何夕，见此粲者

去黄山脚下的小村子少住了数日，徽派建筑、古村落，浓郁的本地风土，已经被络绎的游人和密集的商店冲淡了，此处还是若干艺术院校的写生基地，到处可见背着画夹的学生。我们向小巷深处走去，走过一家接一家面前写着"喝茶住宿"的民宿旅馆，路过一户户农家乐，走到村尾，人气渐渐稀薄了，游人只剩下零星几个，远远望见一匹在水一方的老马，正在悠然自得地吃草，更远处是群山、曲水和山里的炊烟。我们挽起裤脚，涉水而去，踩着淤泥、水草和偶见的马粪，往上游走了一段，这下，这块地只剩下我们和老马了。我把装在旅行杯里，已经凉掉的茶找出来喝，心才慢慢静下来。

晚上，所有留宿的游人，都奔到夜市去了，茶叶、竹荪、山珍，摊贩的货物实在是重合率太高，逛了几下觉得无趣。纵横小巷都黑漆漆，红灯笼闪烁的地方是民宿，墙角有闲下

来的农妇们扎堆聊天,背后的黑板上写着村民旅游款分成什么的。我们离开人流,去荷塘散步,坐在老树下,有一搭没一搭地聊天,夜风颇凉,在头顶沙沙吹过。十点,夜市收摊,民宿熄灯,从住处的窗口往外看,吓一跳,被人气、灯光、拉客声、烧烤油烟干扰的那个村落不见了,只剩下山影瞳瞳,夜空,还有星群。天!我真被惊艳到了。《诗经》里的句子,在我心里醒过来了,"绸缪束薪,三星在天……今夕何夕,见此粲者?"这说的是美人,可我想的是星星。

古代有专门观星的官员,他们总是夜里上班,好羡慕,可以名正言顺做夜猫子。要能嫁个天文学家就好了,用我的名字命名小行星,圣埃克苏佩里写《小王子》,会不会是夜航时的灵感?那时离星星最近。我小时候非常喜欢李方的一本关于星星的随笔,到现在都记得他写的那几颗星:北落师门,北斗星,大火星。西方的星空故事多为神话余韵,东方的星宿却是等级森严、各有隐喻,与尘世间的官本位相对应的天文体系,为了隐射官员无作为,老百姓就会拐弯抹角地说"维北有斗,不可以挹酒浆",说他们占着官位不做实事。

农业社会,生死在天,哪怕是不识字的农民,也得学会看天,知道"七月流火,九月授衣",《诗经》不仅是文学作品,也是科普和生活指南。"上知天文,下通地理"不是渊博,而是生存手段。赶路时也得看星星辨方位,"嘒彼小星,三五在东"，小吏孤身赶着夜路，倍觉位卑奔波之苦，唯有头顶星辰相伴，这空旷无垠的孤独啊。星星们是流转的，所以《绸缪》里，用星星的位置来层层推进时段，从"三星在天"到"三星在户"，就是黄昏到夜半。

在南京，我就住在紫金山天文台下，也很多年未有见过这样粲然的群星了。城市生活，如《东京爱情故事》的台词"东京早就看不到星星了"。皮爸是个粗人，却常有诡异的浪漫火花，他送过我一个军用望远镜，还配了星象图，是从《古代汉语》书里撕下来放大的。此物久已蒙尘。话说在青山碧水环绕的小村落里，我流连星群，不肯睡，头往左，往右，往任何方向，都是星星！

曾有人问叶嘉莹有无信仰，她说："有，常感到自己和某种宇宙神秘的意境相通，却并不属于世间任何一种宗教。"杨振宁则说："当科学家发现宇宙中有许多美丽的自然的结构时，会触及灵魂的震动，接近信仰。"满饰星辰的天地大美，我和我的文字，路过并记下这美，成为这美的人证物证，这瞬间收藏家的满足感，是我心中接近信仰的东西。

下半夜又醒过来一次，群星淡去，只剩下一星伴月。我模糊记得叶嘉莹提过怎样分辨上弦月和下弦月，上弦月清新整齐，下弦月有点残破——"残月出门时，美人和泪辞"，在睡意拍打中想着这些，又睡过去了。

惜　力

　　10年前的"彼我",要是站在现时的"此我"面前,估计会无法相认。"彼我":恶毒,小气,斤斤计较,无荤不餐,专喜辛辣刺激,最鄙视那些满口养生之道的保养达人,是个神气活现的凶妹子;而"此我":温和,淡然,(几乎)食素,黄昏慢跑——莫非岁月将我历练成了一个优雅知性之人?我呸,当然不是。而是一个成本控制问题:惜力。

　　这半年来我一直在生病,各个器官都开始示威怠工,几乎每两个月都要去排查一种恶性病。结果虽然还不至于危及生命,但也到了良性病的边缘状态,需要长期服药和定时随访监控。

　　我痛定思痛,溯及病源,有一些是常年不良情绪刺激,造成腺体增生,有些是因为使用过度,比如眼睛——我自小嗜书如命，有种每日定量摄取信息的习惯，大概是每日一百页（视具体情况而定，硬书少点，软书多点），如果这天我因为杂事干扰不能读书，第二天一定会补回来。出门旅行时都不例外，卧铺上我也完成当日阅读计划，而这种在移动中用眼，常年耗损眼力的恶习，终于激怒了我的眼睛，它爆发性地胀痛，日夜不休，视线模糊，把太阳穴和脑门一起煽动起来造反。

惊惶之下，我把全套眼科排查都做了一遍。看着满走廊戴着高度近视眼镜，几乎失明被众儿女搀扶的老人；眼底出血被丈夫带着去做激光治疗的妇人；加班赶工，视网膜都脱落掉的年轻人；一夜之间眼压骤升，从健眼到只剩下一线光感的急性青光眼病人……我立在光明的此岸，遥望着他们的黑暗世界，突然意识到，我这个一向以爱惜时光、热衷学习而自得的人，其实是多么浪费和挥霍。

当然，我的诸多疾患，和某些毁灭性灾难不可相比，但我确实领悟了一个道理：身体，它也是一种类于理财的东西，不可以无限透支，不可以疏于管理，否则假以时日，一定会连本带息地要你清偿。

这些疾病，让我的性格发生了巨大的转变。简言之，就是学会了"惜力"。我开始管理自己的身体，除了写工作稿，几乎不上网，那些边角破事，明星八卦，谁和谁好了，

谁和谁分了,谁又生了谁的私生子,根本不会打开这种网页看——我很爱惜我的目力。我也学会管理情绪,谁恶言相加,寻衅辱骂,我理都不搭理,直接屏蔽了事,就像不对胃口的电视节目,与其抱怨频仍,不如按键换台,才不让它占用我的注意力。交一些清淡温和的朋友,远离戾气深重的人,不拿收拾得干净清爽的心理空间去容纳他人的情绪排污。把放逐在外、心系他人言辞的注意力全部收回,转而向内使用,一砖一瓦地努力建设自我——我越来越爱惜我的心力。

生命随时都可能戛然而止,我不希望在我临终的病榻上,回想自己的一生是如此虚度:净忙着和烂人较真,和神经病耗神,和小人怨怼了。少谈八卦多读书。另外,实在胸中文气涌动,有话想说的时候才写,虽说上网的多是闲人,但也得爱惜他人的心力和注意力。

穿裙子的季节

老同学聚会,我没去,倒是看到他们在群里上传的一张照片。

应该是秋游,大家穿着春秋衫那种厚度的衣服。照片背景是玄武湖公园梁州入口的植物雕塑,我模糊记得是去看菊花展。一个小同学的爸爸,找关系借来大客车用一天,另外一个同学,带来了笨重的相机,全靠朴素的人际能量,秋游和照片得以完成。秋游前的一天,准备午间聚餐的欢乐,已经溢满了我们的心,人造奶油的面包是普及品,而一家饭店的小卖部,刚刚开始卖新鲜动物奶油的那种柔软甜美、口感真实的面包,我和同学为了秋游大事,走了两站路去买,排队并且限购。回来小心翼翼地装在包里,克制着,不去在出发前吃掉它。

各自爱

　　八十年代的小学生，真是简朴，平日里最通常的穿着，是一套套头的蓝色运动衫，胳膊外侧镶两道白杠，滑溜溜的饱和度很高的蓝色，不衬人，每个小朋友都被穿得土里土气，还有就是蓝白两色的运动服，色块粗糙地拼接在一起，映着刚刚长途跋涉完的红扑扑的小脸，脚下一双白色球鞋，白鞋子里露出的袜子是尼龙的，穿脱都很涩滞——有时上学要迟到了，我拼命套衣服，妈妈忙着给我穿袜子时，两个人都急得要命。

　　老师穿着和我妈妈一样的衣服，敞开的灰色西装，条纹毛衣，烫着卷发，那是正式出门的装扮。有时，街上开来一辆日本旅行团的车子，从车里往外看的女人，脸上有着与妈妈、老师不同的、粉饰过的白，那时我们还不知道有种化妆品叫粉底，而那白，是粉底的颜色，只是觉得是很脱离日常的精致美丽。

　　童年的"春天"，分外有过渡季节之感，在冰雪寒彻骨，把脚上的冻疮冻出来，又一点点结上疮疤的日子里，突然有一天，换上了单衣，心情喜悦。特别想穿裙子，但没有勇气第一个穿，在一片冬衣里，率先杀出一条裙子，那个换季幅度很大。

　　大家还在穿着妈妈织的毛衣，毛衣可能是过生日时，姑妈或姨妈的礼物，半斤或一斤，装在塑料袋里，如果是全毛的，那就是一个豪礼了。妈妈捡一个好天气，把绕成团的毛线拆散，把凳子翻过来，四脚朝天，用它来盘毛线，把毛线盘成一卷卷，用开水烫过晾干，然后，开始织起来，手巧的妈妈，能对着毛衣杂志织出麦穗或是船缆绳那种纹路，当时的时装杂志上，都有剪裁和编织指南，具体而微，十分实用。

在这个灰扑扑的背景里，穿裙子是个大事。和最好的朋友，约了穿裙子，那时没有呢子裙，也没有羊绒裙，我找出一条厚厚的背带裙——我只有几条裙子，一条白底带红蓝杠的连衣裙，短袖、微喇，被妈妈洗薄了，还有一次表姐去上海，我等了很久，等到她给带来的礼物，一条白色镶红木耳边的裙子，很洋气。这两条都太薄了，太夏天了。我不敢穿，只找到一条厚布的蓝裙子，样式和颜色都不太显眼。

她跑到我家里，我们关起门，在小房间里，偷偷换上裙子，外面，是下雨天，还有点寒意，裙子愈发显得单薄，楼下住着我们的同班同学，他在楼梯口看看我们，打了个招呼，回头又看了我们一眼，才进他家门，我们都觉得，那一眼是在说："穿裙子了嘛。"

后来订了很多年的《上海服饰》，里面有个栏目，是姑娘们写自己如何穿衣搭配，那些小故事我最爱看，有个姑娘好不容易在外贸店淘到一条灯芯绒裙，欣喜若狂，手气好的让她自己都觉得蒙神恩宠，她急急地去买草帽，还找到一个

红木头手镯来配,那身衣服是怎么样的呢?换成现在不值一提,淘宝随便下几单就来了,精致美丽估计还远远胜出,可我永远都记得写文章的那个女孩子的欢天喜地,那是匮乏时代特有的满足感,也是一个人用双手打败时代的胜利感,没有改造命运那种大的胜利,只是局部战胜一下匮乏的环境,这是小民的欢乐,无论是孩子还是少女。

夏日的视觉风景

江南正式入梅了,每天依旧清晨即起,煮今天的头一杯咖啡,醒脑提神。端着杯子,四周瞅瞅,顺便给栀子花换换水、剪剪枝。把墙上的画换一换,选张色调更应季的。在植物角逡巡一番,给长大了的一盆潘灯玉露换个大盆,培土压实。

有人干活前,会一一擦亮工具。我家皮皮画水彩画之前,会把需要的颜料在心里过一遍,和画笔一起排排好——这些都是类似调音、调整呼吸式的行为,给心灵降噪除尘,把纷纷的心绪理顺,慢慢进入一种良性工作秩序。

初夏已经开启帷幕,忍不住想挂蓝色系的画,来几张花吧,花草最凝神静气,我一向偏爱蓝紫色系的花:绣球、鸢尾、葡萄风信子、蓝花桔梗,包括路边常见的平民野花——鸭跖草、蓝雪花,我也忍不住驻足观看下。有个浅刻花的杯子，手绘了紫绣球的，也是专门放在夏天用的。

选了一张恽南田的《紫鸢尾》，用敦煌的紫鸢尾胶带，贴在工作台前方，作为最近写作和读书时抬眼歇目的落脚点。不同于他在山水画中常常会有的乱草荒烟，这张紫鸢尾，婀娜妩媚，花的正脸侧脸具备，几朵花，又有一种参差的动感，好像有微风穿过画面，明明只是眼前的画，却觉得如入天地间——恽南田以"静净"二字来论画，其曰："意贵乎远，不静不远也。境贵乎远，不曲不深也。一勺水亦有曲处，一片石亦有深处。绝俗故远，天游故静，昔人云：咫尺之内便觉万里为遥。"

明代画家恽南田的《紫鸢尾》，我用紫鸢尾胶带贴在墙面

四季歌

选他,是因他画中的微微凉意,对于炎夏溽暑,很适宜,家里还有吴湖帆的鸢尾,更加工整静谧;这是苏博的一张金属书签,做工细腻,连花茎和花瓣上都细描了肌理,我常常拿在手上把玩,但又觉得它过于端庄矜持;博物学家雷杜德,画《百合圣经》的那个人,也画过很多鲜丽的鸢尾:深紫色的德国鸢尾(有汹汹之态,看上去比我国鸢尾凶多了),一脸纯白无辜的西班牙鸢尾,像小夜曲一样色阶丰富的蓝白紫三色鸢尾,但博物学家以写实为宗,并不追求神韵;我还有浮世绘里的鸢尾,色泽饱满优美,可惜枝节繁复,在大夏天看

雕刻着精美花形的金属书签

着，有点饶舌和啰嗦，不够简静。

钢琴上的画，是莫兰迪和常玉的花。我有时坐在琴凳上，会愣一会儿。这两幅画，对我来说，是一种工作上的警示，又是以视觉形象暗喻的前方风景：莫兰迪和常玉的花，笃定、坚实又安然无扰，而这些，全凭结构的支撑力，简洁无冗枝、克制与自持，它们看上去并无锋利凌人的侵略感，可是，只要和其他画放在一起，却能立刻成为那个注意力之核，定神之物，让人嚼了又嚼，回味不已……无论在做人，还有写作中，这都是我想长成的样子。而对于一个极度敏感、动辄受惊的我，此路，又何其漫长。

我天性渴望成熟感，在少女时代也没啥少女心，最讨厌粉红色，可是常玉的粉色实在太动人了。他的静物瓶花，说纯净吧，那是鸡蛋里挑不出骨头的干净无渣，说肉感吧，那瓶花比西方的裸女都性感……醒着的花，静静开放在瓶中，桌角爬上一只猫，在伸懒腰，动作像最锋利的匕首一样，无声地插入静谧的场景中，获取视觉平衡，手法快捷，完全不惊扰观者。房思琪那本书的封面，就是常玉画的粉色小鹿吧，温柔中的反抗和力量。

当年的常玉，在法国落魄谋生，甚至想出版菜谱来维持生计，相形之下，同样来自东方的日本人藤田嗣治，他的作品却巧妙地迎合西方口味的东方风格，很受画坛欢迎，可是，

钢琴上摆放着莫兰迪笔下的花（左）和常玉的花

常玉的静物瓶花组照

 各自爱

常玉依旧安安静静地画他舔盘子的猫、梦中出没的白马、描着古老纹样的中国花瓶,瓶子里绽放着古中国带着霜意的菊花……那么多年过去,藤田的画我根本看不下去,常玉却以他轻柔般的迷梦质地,深深抚慰着我人生长路上疲倦的心。

准备换张新橡木床,最简单的一字床头,木纹淡淡的,挂张莫兰迪的粉色瓶花,对峙常玉的粉色瓶花,最柔软的坚定、最冷淡的性感,要多美有多美。

少年的山丘

我是在20世纪80年代上的小学,90年代上的中学,与大多数写作的人不同,我并没有爱讲故事的奶奶、嗜书如命的爸爸或长于写作的任何家族成员,我的家族,类似于无数务实的中国人,热衷于让孩子选择易就业和赚钱的理工科和商科专业。是的,回首往昔,我确认:我的家庭,确实没有任何文学艺术色彩。

我上学时最好的闺蜜,就住下关,老的新华书店对面,一家体育用品商店的后面,有时我去她家玩,会去书店买书,在店里买羽毛球拍,陪她去书店旁边的小医院挂水。老的新华书店,是个二层楼,下面那层是门面房,用作书店,一进门的左手,是文学书,书都整齐地码在书架上,想买书的人,看好了,让营业员去取一本下来……我很腼腆,很怕给人添

麻烦,也怕反复让店员还书,会让她们生厌,所以总是偷偷瞄很久,拿下来就争取买下来,这不是什么好习惯,家里有很多根本不喜欢的书。

彼时的购书环境,和现在也迥然不同,旧式国营书店,里面站着店员,看书,隔着玻璃,飞快地扫过,营业员三三两两地聊天,有时理货,有时给书拂尘。小时候去北京,对书店的记忆颇为深刻,就是一个胖乎乎的女店员,盘踞在书店一角,手持竹竿,见哪个角落里,某人蹲久了,竹竿就扫过去,"那位,说你呢,别看了,该换换位子了……",这种态度在当今顾客至上的商业谄媚氛围中,简直不可想象。

腼腆的我,买书几乎就是押宝,因为我害怕让店员拿来拿去,几次换下来,他们就不耐烦了。我怕看人脸色。

那时图书资源不丰富,坏处很明显,就是杂书、烂书多,很多的书放在现在根本就不会出版,就是编辑几篇报纸上的文章而已,水得很,还有引进书也很少,作家就那么几个最经典的,稍微小众的,杜拉斯那种级别的,都买不到。版权意识尚未建立,当时一本毛姆短篇集,是现在好几本的容量。也没啥法务部门查这些。很多的选集,每个作家占一两篇,风格杂处,很容易感觉出水平的落差,和贴近或远离自己喜好的那个。

非常偶然的,我买到一套书,叫《呢喃小语》,它是如此的不起眼，以至于二十年后我出于怀旧目的想在豆瓣上找它，居然没有封面和详细介绍。它是一部介绍港台美文的小册子，上下两册，小小的开本，简洁温柔的装帧，每篇短文，用简素的宋体印出，基本都是千字小文，全书由四个研究生编辑，每个人，都在自己选的美文下写了几句话，我记得，他们的名字，都是一个字，我印象最深的，是署名"冬"的那个人。她，还是他？非常隽永清新。是与教科书和日本推理小说，完全不同的文字，感性、温柔且楚楚动人，我从不知道，世界上有那样柔软清淡的文字。

那是我第一次读到张爱玲、西西、简媜，前阵子我看到简媜三十年纪念文集，心中一下子就涌动起少年情怀，她们每个人，都让我喜欢了好多年，我穷尽了南京、苏州诚品，网络代购和朋友在香港旅行的赠品，才集全了西西文集中的大部分，我读了张爱玲半辈子，她们的写作，让我明了和确定了对文字的摆放态度，每一个字，立言的谨慎、责任心，落笔之前的踌躇长路和下笔的轻快如偶得天成。这种苦心经营、全力以赴的文字态度，对我的一生影响都很大。哪怕已经到了快餐文学的电子网络时代，我仍然持有旧式的文字密度和美感准则，不屑于骨质疏松的快餐文，不写贩卖情怀的软文。

之后我又经历了青春期的俄国文学、英美文学、拉美狂

潮,早已翻过了港台美文的小山丘,现在回看其中一些水平较次的几乎不记得名字的那些作家,会觉得他们的文字是浅的,甚至唯美的,但是港台美文,对我,是不会淡忘的过往,那是我对文字的初心。

而我是多么喜欢，这样平淡的厮守

皮大人长得像爹但脾性像我，极其敏感害羞。前几天，我要做茶艺表演，她要英语口语面试，我们把对方当考官，互相演示了一番，我说"小朋友要大方"，皮说那你刚才为什么把窗帘拉起来呢？昨逛街时，我给自己买了飞乐鸟教手绘的《花之绘》，皮大人把她的一套彩铅慷慨相赠，找了心岱送的本子出来，开画了。皮大人不停地在旁边指点和鼓励我："不要怕，大胆地画！把需要的笔按色号排好！要这样涂色，你看……"我看着这个小大人的侧脸，密密的长睫毛，亮亮的小眼睛，这样熠熠生光的孩子怎么会是我这么平庸的母亲生出的？每次想到这点，都觉得不可思议。

说起来都是些平淡的琐事，但我珍惜这时间的金屑。茫然尘世中，这是我唯一能手握的金沙。

各自爱

  昨天读西西写猫，觉得那竟是我见过的最接近于爱的感觉了："更多的时候，我们静坐不语，当我从书本上抬头，总看你或远或近，与我凝神相望。多么明亮的眼睛，充满善意和感情。我在想什么，你无法获悉；你在想什么，我也不会知道。世界多么辽阔，世事多么纷乱，而我们却在地球一隅，面对面，彼此无话，也无须说话，让时光静静流逝。"

  爱，不过是时光加静守。

  而我忽然明白，为何有些从不和我谈心的人，却养护了我的心。因为她们懂得爱护他人的孤独，不蛮撬，硬解，乱谈，拿自己的逻辑去阐释别人。这世界有那么多的语言、身体、情绪、逻辑暴力，它让我在每个角落里都看到粗暴逼人的脸孔。而少有人能做到，把爱的重心，由自己的执行体系挪移到对方身上，感受他的喜怒，在某个看似古怪无解的悬疑地带，退出一射之地，抱以善意，观望和等待。

  爱，不是华美的空许诺，不是语言的空中楼阁，它是时间的凝结。我们能赐予对方的，唯有时间；我们能索求的，也不过是时间。有一天，你我终将在生命中离场，我们留给彼此的，也只有那曾经相守的时间。

  当我午夜梦醒，辗转无眠时，我想到"爱"，它总是以时间的形式呈现：曲折的书店里，我喜欢的人在另外一间看书，店主的大猫跳上跳下，那一刻将永远与我同在。我结婚

四季歌

十几年都不会削苹果,每次都是皮爸上班前削好切片蒙上薄膜放冰箱里,起床后看到一盘苹果片的甜……我舍不得和任何人谈论这些时间,怕它被语言架空,怕失去它们。宁可用午夜不眠的独想,一次次地深耕着这些时间,看着它的犁印。我走过这狰狞人世一遭,你的温柔,是我仅有的眷恋。

2014年夏天，我一个人住

2014年夏天，我一个人住。

事情的起因，是因为身体。近年来家里不断出事，又被恶人搅扰，心理压力一直很大，精神受刺激颇多，导致植物神经官能紊乱，且身体开始出现症状：四肢游离痛、舌头痛、头痛、眼胀，等等，层出不穷，累及睡眠，对声光极其敏感，一点点动静就会被惊醒，几乎整夜不能入睡。痛苦之余，决定从住了6年的市区妈妈家，搬回城郊山下的自己家里，但皮皮因为学校必须就近不便跟我随行，就此开始，我一个人住。

家里荒置已久，我想睡觉，床单上一层浮灰；去厨房做饭，酱油是哈喇的，麻油成黏稠状；想拖地，拖把用久了早就磨平了拖布；去晒台晾衣服，手一捏塑料架子，居然碎了——是在漫长的夏天，它被灼热胶化过？不得而知。

百废俱兴,我天性好静,亲景不亲人。当时选这套房子就是图着它远离市区,楼层选了最高是为了看山,山和云抬头可见,楼下散步就到一个古陵。但成鲜明对比的是,最近的一个大超市也比那陵墓远多了,话说生活中用着超市的地方怎么也比古墓要多,我又不是龙姑娘。翻山越岭(其实是个山坡改造成的小路),去超市买了新的拖把头、各路做菜的调料、抽纸,先把日常启动。

晚上,和住在单位宿舍的老公通了电话,他说:"别怕,门窗我都查过了,阁楼那几扇也帮你锁好了,我的电话整夜开着,你害怕就打,你好好睡。"挂上电话,我把水电煤气检查了一遍,留了一个厨房灯维持微弱的亮度,把卧室门关上,准备入睡,但怎么也睡不着。我和我的家暌隔已久,我已经不习惯那种滤光了人声的极致的安静,以及在这安静中,隐隐的细微动静:家具因为干燥而发生的木头开裂声,远处偶尔的车声,楼下夫妻拌嘴的碎声。与其说是被安静吓住,倒不如说是还没有和它凹凸相和。

一个人住,不是一个生存状态,而是一个心理身份。我在19岁的时候就被一个好男人接手了,那过分细密温暖的照顾,使我久已遗忘自己的梁柱,现在,我的心,还没有把内半径的支撑物给清空,性状改变,去迎合孤独的容器。

我和我的2014年的孤独,是一点点消除隔膜,像找到了

各自爱

翻译一样,彼此对话和契合的。

我开始买菜做饭,我做过主妇,烧饭并不稀奇,但给自己做,却是第一次。一开始很敷衍,全是速冻的饺子馄饨。那是我常年过精神生活养成的习惯,觉得肉体只要喂饱了,能提供工作体力就可以,不用浪费时间去侍弄。但这个夏天,在"一人食"之后,我发现细心经营的日常生活,恰是精神生活最好的补给。

这个夏天很爱吃培根,可是最初老是煎不香,我换了橄榄油,调大了火,加了豆豉,都没用,后来发现只是差把火,只要再略煎一两分钟就好了——食物原来和人一样,每种都有爱其之道,如果你不尊重它自带的节奏,它就不给你释放出最动人的香气。我每次写稿,到涩滞处,就会想想这个培根,对自己说"不焦灼,慢慢来"。

有天突然想做群菌煲,先把家里现成的茶树菇泡上,然后去菜场买这道汤的主角。负责嚼感的是胖胖的杏鲍菇,滋味担纲是平菇和金针菇,香菇添点俏皮的香气,茶树菇这个滋味浓烈的角儿串场就行。这个群菌组合让我想到我周围的人际构成,朴素谦卑生活化的是我最依赖的,滋味淡远的是长线的朋友,茶树菇这种本身营养好、口感好的东西只能独自上演一道菜,它的气味太逼人,无法和其他食材平衡,也就是干扰度太大的人,为了保护我的人生主场只能远离。

我喜欢各路炖汤，最常做的是玉米干贝胡萝卜和西红柿豆芽炖排骨，把材料依次扔进去，就有一锅颜色悦目的汤出来，汤是我喜欢的烹饪方式，不像炒菜那么热油溅身的粗暴，不像凉拌那么滋味凉薄，一边炖还可以一边读书，只要在锅上担根筷子就行。我还买了颜色鲜翠的厨具，宝蓝描着兰花的热水壶，米白的慢炖锅，方形的电饭煲。我的厨房，开始慢慢微笑，变得表情愉快起来。家，就像一个被时间疏冷的旧朋友一样，又被我一点点住熟了。

那天写着稿子，突然想起自己包里有MP3，可以插进笔记本里听音乐，高兴坏了，在这个没有电视，没有网线，没有音响的声色俱寂的空间里，我听到了声音的流淌。虽然，笔记本没有音箱，声线单薄，但是，我已经很久没有一个人，可以定心地听完那么多的歌了。

有一些黄昏，看了一整天的书，去菜场沾点人气。脚力足的时候，可以走三站路到锁金村，那里毗邻南林大和南师大板仓校区，夹在试衣服、买化妆品的女大学生中间，一家家店铺逛过去，把水养和盆栽的植物一盆盆抱起来看，有时带盆花回家，第二天再花上一上午的时间，抱它们晒太阳，分盆，洗根做水养。铜钱草的子息最多，家里大大小小的青花杯碗里都养着它，陪伴着我的书。耽误工作的时候，自然焦虑，又想到有人问正在浇花的圣方济各："如果明天你就要死去，那今天做

什么?"答曰:"浇花。"这么一想也就安然了。

有一些晚上,吃完晚饭,我坐了很长时间的公车,穿过这个城市,从种着雪松和水杉的城东到高楼成群的城西,我去面包店买我喜欢吃的奶油芝士起酥,去书店慢慢地泡,一本本看书,把文化区的明信片也一张张看过去——已经多久没有这样。平时带着皮,从不能去家半径两公里以外的书店,这几年除了朋友寄的,网购的,买的几乎都是离家不远处那家二手书店里的过版书。偶然悠闲,能带着皮逛进书店,也得先给她喂饱了麦当劳,逛够了儿童角,进店里,也没办法专心挑书,即使背对着在童书区闲逛的皮,都得在背上长出一双眼睛,看护着她。

我想,我这几年心底的焦灼,很大原因,是因为孤独的缺失。自从做母亲之后,心里的一块被挤压挪移了,孩子被娩出了母体,可是在心里,那个位置始终占据。我的心,结构已经变化了,其完整被打破,又不能结成新的浑然。

我很多年不读杜拉斯,在家里又翻到这样一段:"在诺弗勒,我在下午去准备晚饭,男人和孩子去散步了,他们走后的静寂,我永远不会忘记,进入这种静寂,犹如潜入海底,既幸福又明澈,这是一种思想方式又无思想,这就是写作的境界了。"——这是附近的静寂,他们在附近。而我,因为一直紧贴,现在需要离开。

有一些午夜，读书到夜深人静，拉开窗帘看月色照着沉沉山影，发现人家的灯只剩下零星还亮着。穿鞋，下楼，去小区紧邻的一条小路散步。这条路原来是条荒径，旁边这条小河本来是山上流下的一条细细的支流，被引来做了环绕小区的河，路也被拓宽。白天，因为有个国家级的皮肤病医院，人和车川流不息，但一入夜就极静，只有几个慢跑的人，在这里跑步是幸福的事，跑着跑着就可以看到大山。我慢慢走着，空气里有初秋的桂花香和稀落的虫鸣。

住在这个荒废已久的家里，我带了笔记本写稿，但是没装网线，只能去网吧发稿子。午夜头顶着月色，穿过小路，进入烟雾缭绕的网吧，刺青青年在联网打游戏，喊骂着脏话；浑身酒气的落魄中年人，挺着肚腩在看色情片；穿着校服的毛孩子，大声喊着"绝杀！"喷薄的荷尔蒙气味中，我轻手轻脚地找个角落，躲开黏在身后的视线，尽量专心赶稿，可是无法克服心里的恍惚感，那是异境。

7月24号，这是2014年这个罕见的凉夏里最热的一天，我在烈日下几乎晕厥，因为连日的低烧和莫名出血点，我要去做血液检查，排查一种可怕的恶性病。那个科室的化验室和一般医院的采血窗口不一样，它是一个开放的房间，医生可以和你直接对谈，我和那个女医生交流了病情，她说有情况会通知我，要我务必保持手机通信畅通。整整一个礼拜，

每一条短信的"嘀"声,对我都是可怕的惊吓,我不想增添他人的情绪负担,检查是一个人去做,等待也只淡淡地做无事状。一直到下个周五,没有动静,我想我的那管子血,混在绝症病人里的,被戴着大口罩面容严肃的医生经过初检、复检,终于确认无恙,现在已经早被当成医学垃圾处理掉了吧——而我没有告诉任何人的是:几个月以来,我不能忘记那个实验室的氛围,那等待消息的恐惧,那墙上贴的患者被疾病迅速摧垮的破败甚至狰狞的病容,一直出没在我的梦里。生命中最深的恐惧,原来是无法与人分享的,你唯有密封它,不摇晃,让它沉底,暗哑成秘密。

一个人住,差不多是某种隐喻,你得学会内消化,把一切都吸收掉,不呼救,不排污。

检查之后,我突然很想远行,马上订了机票,去我计划里最远的城市:哈尔滨。独自旅行对我并非罕事,但从一个人的住处出发,回到一个人的住处,这些年好像是第一次。我没做任何的行程规划,抵达旅馆的第二天,坐在窗口喝我带来的咖啡,发现眼前挂着一大坨云,在一个哈尔滨处处皆是的洋葱顶上,然后我决定了:这次东北之行,就是看云,看房子。我每天都在大街小巷游走,午夜等游人散尽,去看中央大街的老房子,去道外,一条条街走过去,那些砖石半朽的屋顶上,蓬蓬的野草在黄昏的风中摇曳。80年代国营式样的老商店里,有令人压抑的日光灯,晚上拖着走裂的脚跟,去超市买冰冻的哈啤带回旅馆,一边看书一边小酌。心里有繁花盛开的表述欲,但又一言不发,让那些胀满的念头自开自落。我被自斟自酌,无从举杯邀客的孤独滋养得舒服极了。

为什么我一生最依恋的人,都是不长于语言交流的,我想那是因为,沉默可以更加捂紧一件事,不会被语言架空,你不发声,但你的手中,秘而不宣地握住这件事的实体。

这孤独,如同母亲的子宫、一辆车的油箱,它是能量的大本营,绝不可以被撬开或泄漏,稀释,走气。你有没有元气,靠的就是它的密闭度。孤独并非独处,独处是扁平的自处,孤独更多了维度。你是你自己的容物,你也是你自己的容器。生命的某个节点上,你学会了爱你的孤独,从此两厢厮守,再没有移情过。有一天这孤独走出了你的生活,你开始失魂,一直到又找回它,和自己的心重新取得联系——比水声更清明,比风声更轻微,但那就是你的心,它清楚告诉你,它想要什么,不想要什么。而这声音如此细微,只有在孤独中才可以听到。

2014年夏,为重逢而记。

非抽象的秋天

在阳光金灿灿的日子了,我坐火车来到了山西。很久没有坐夜车了,在铺位上迷迷糊糊地睡过去,又在早晨陌生人刷牙的声音中迷糊醒来,列车员拉开窗帘,看见北方的黄色烟尘后的天空,雾蒙蒙的早晨,心里还是有点小兴奋,胸腔里跳跃的,还是那颗20岁的欢喜心啊。打热水,冲咖啡,一直最喜欢在卧铺的床边看书。

下了火车,坐汽车直接到省博物馆,偌大的展厅,参观人数比陕西历史博物馆少很多。我看了一个意大利瓷器展,看了古晋国的青铜器,古晋国的底气果然足,青铜器展厅展品相当丰富。硕大的牛尊,是祭祀时用来煮牛的,匏壶很可爱,还有个萌萌的商代鸮卣,一个双面猫头鹰的酒具,长得特别像"愤怒的小鸟",一看见这只三千多年的老鸟,我就想笑。

接着,我走到三楼。

那是佛像展厅,进去以后,倒吸了一口气,整个展厅,布置成石窟的样子,好像一个个依山而凿的石洞,里面,是一个个精雕的佛像。

美,原来是这样具体的东西。

一个个石窟看过去,有美院的年轻学生在临摹,三三两两,也有人拿单反拍照,一个个石窟里的佛像都美得让我有点惊惶,草草浏览了一遍,就走了。中午放下行李,休整一下,吃了实实在在的一碗油泼面,抖擞精神又去了博物馆,学生们都走了,听说是去大同云冈了。整个展厅里,就我一个人。

我去看那些佛像,那些纤毫毕现的飞天,那些金线描出的佛光,那些沉静悲悯的脸,有个观音像是宋代的,挽着发髻,娥眉凤眼,俨然就是一个民间的小家碧玉,眉目宛然,如春风里初萌的柳芽。我一直看着她的脸,太邻家妹妹了。

在辽远的时光之外,在塞外的苦寒之中,在漫天的风沙里,一双皲裂的、工匠的手,一点点地将这些美,从嶙峋的山崖上凿出。千年后,这些美来到我面前,它安然地与我对视,咫尺之中,就跨越了千年。它的美,是如此直击人心。瞬间就将我说服,远比概念来的动人。一尊佛像,胜过整本美学书。存在,永远都是最好的词语。

第二天,去了晋祠,我最喜欢的,不是圣母殿和鱼梁,而是晋溪书院:土布门帘,小小院落,前门里迎来秋阳,后窗含着远山。这样深深的秋日里,安静地在落叶窸窣中读两页书,多么好。我要赶晚上的回程火车,舍不得浪费时间去就餐,中午就在一个小亭子里吃午饭,包里还有一个南京带来的面包,在旅途中变硬了,但还能吃,我一口一口地啃面包,对面的祠堂亭子顶上描着工笔的百合和黄杏。

生命中总有这样的时刻,你会感谢神灵对你的眷顾,在你的有生之年,能看到这样的美。那一刻,活着、幸福、生命、艺术,统统都是一件事,就是具体的秋天,从脸侧飘下的黄叶,眼前不受打扰的古树,它们长得合抱粗,还有枝头挂着的沉沉的皂角、枣子和金银木果。我对双十一这类购物狂欢节素来无感,也不会被集体的消费欲所裹挟。少买一条裤子,或一个包,这些,我从不在意。但是,我对人类聪慧头脑里创造的艺术、思想和美,从来没有抵抗力,与这些美错身,会让我遗憾,所以,我成了一个书虫。书,是思想美的实体。也因为此,我在书院落满银杏叶的小长椅上坐着,不知该做什么,只想浸润在这美中,多一会儿。

我读书、旅行,不为考据研究,成为学者专家,只为了时时把自己投诸广阔的世界,在小我的纬度之外,置身于更大的时空之中。人的一生是短暂的,只是历史长河中的一个小黑点,瞬息被时间淹没。而我只想看看,在我之上的蓝天上,飞翔着怎样的白羽;在我之下的土地中,又是哪一种植物已经繁衍千年,当我见到它时,我想喊出它的名字。我想知道,在我之前,世界是怎样的,有过怎样的人,他们的哀矜与喜悦,痛苦与爱。"生命"既是个单数,也是个集体名词,而"一生",对我来说,既要创造自己的生命之光,也要最大广度地分享在所有生物的维度上那种生命之美。有生之年,能遇见这些美,我觉得自己很幸运。